人只是宇宙中会思考的虫子

虫 | 科幻中国
WORMS

REMOVE
SOUL
移魂有术

刘慈欣 等著

北京理工大学出版社
BEIJING INSTITUTE OF TECHNOLOGY PRESS

超脑卷

文明衰老的一个标志是机器摇篮时代
Mechanical infant state indicates the aging of civilization.

目录

刘慈欣 ────────● **地火**

时间能够改变一切

父亲的生命已走到了尽头，他用尽力气呼吸，比他在井下扛起200多斤的铁支架时用的力气大得多。他脸色惨白，双目突出，嘴唇因窒息而呈深紫色，仿佛一条无形的绞索正在脖子上慢慢绞紧。他那辛劳一生的所有淳朴的希望和梦想都已消失，现在他生命的全部渴望就是多吸进一点点空气。但父亲的肺，就像所有患三期矽肺病的矿工的肺一样，成了一块由网状纤维连在一起的黑块，再也无法把吸进的氧气输送到血液中。组成那个黑块的煤粉是父亲在25年中从井下一点点吸入的，是他一生采出的煤中极小极小的一部分。

刘欣跪在病床边，父亲气管发出的尖啸一下下割着他的心。突然，他感觉到这尖啸中有些杂音，他意识到这是父亲在说话。

"什么，爸爸？你说什么呀，爸爸？"

父亲突出的双眼死死盯着儿子，那垂死呼吸中的杂音更急促地重复着……

刘欣又声嘶力竭地追问。

杂音没有了，呼吸也变弱了，最后成了一下一下轻轻的抽搐，然后一切都停止了，可父亲那双已无生命的眼睛仍焦急地看着儿子，仿佛迫切想知道他是否听懂了自己最后的话。

刘欣进入了恍惚状态——他不知道妈妈是怎样晕倒在病床前，也不知道护士是怎样从父亲鼻孔中取走输氧管，他只听到那段杂音在脑海中回响，每个音节都刻在他的记忆中，像刻在唱片上一样清晰。

后来的几个月，他一直都处在这种恍惚状态。那杂音日日夜夜在脑海中折磨着他，最后他觉得自己也要窒息了，不让他呼吸的就是那段杂音，他要想活下去，就必须弄明白它的含义！直到有一天，久病的妈妈对他说，他已长大了，该撑起这个家了，别去念高中了，去矿上接爸爸的班吧。他恍惚着拿起父亲的饭盒，走出家门，在 1978 年冬天的寒风中向矿上走去，向父亲的二号井走去。他看到了黑黑的井口，好像一只眼睛注视着他，而通向深处的一串防爆灯就是那只眼睛的瞳仁——那是父亲的眼睛。那杂音急促地在他脑海中响起，最后变成一声惊雷，他猛然听懂了父亲最后的话：

"不要下井……"

25 年后

刘欣觉得自己的奔驰车在这里很不协调，很扎眼。现在矿上建了些高楼，路边的饭店和商店也多了起来，但一切都笼罩在一种灰色的氛围之中。

车到了矿务局，刘欣看到局办公楼前的广场上黑压压坐了一大片人。刘欣穿过坐着的人群向办公楼走去。在这些身着工作服和便宜背心的人当中，西装革履的他再次感到了自己同周围的不协调。

人们无言地看着他走过，目光像钢针一样穿透了他身上 2000 美元一套的名牌西装，令他浑身发麻。

在局办公楼前的大台阶上，他遇到了李民生，他的中学同学，现在是地质处的主任工程师。这人还是 20 年前那副瘦猴样，脸上又多了一副憔悴的倦容。他抱着一卷图纸，这对他似乎已是很沉重的负担。

"矿上有半年发不出工资了，工人们在等候。"寒暄后，李民生指着办公楼前的人群说，同时上下打量着他，那目光像在看一个异类。

"有了大秦铁路，前两年国家又实行限产，还是没好转？"

"有过一段好转，后来又不行了。这行业就这么个样子，我看谁也没办法。"李民生长叹了一口气，转身欲走，好像刘欣身上有什么东西使他想快些离开，但刘欣拉住了他。

"帮我一个忙。"

李民生苦笑着说："十多年前在市一中，你连饭都吃不饱，还不肯要我们偷偷放在你书包里的饭票，现在你更是最不需要谁帮忙了。"

"不，我需要。能不能找到地下一小块煤层，很小的一块，贮量不要超过三万吨，关键是这块煤层要尽量孤立，同其他煤层间的联系越少越好。"

"这个……应该行吧！"

"我需要这煤层和周围详细的地质资料，越详细越好。"

"这个也行。"

"那我们晚上细谈。"刘欣说。李民生转身又要走，刘欣再次拉住了他，"你不想知道我打算干什么？"

"我现在只对自己的生存感兴趣，同他们一样。"他朝人群偏了一下头，转身走了。

沿着被岁月磨蚀的楼梯拾级而上，刘欣看到楼内的高墙上沉积的煤粉像一幅幅巨型的描绘云雾和山脉的水墨画。那幅《毛主席去安源》的巨幅油画还挂在那里，画很干净，没沾染煤粉，但画框和画面都显示出了岁月的沧桑。画中人那深邃沉静的目光在 20 多年后又一次落到刘欣的身上，他终于有了回家的感觉。

来到二楼，局长办公室还在 25 年前那个地方。那两扇大门后来包了皮革，现在皮革也破了。推门进去，刘欣看到局长正伏在办公桌上专心致志看一张很大的图纸，半白的头对着门口。走近了看，那是一张某个矿的掘进进尺图。

"你是部里那个项目的负责人吧？"局长问。他只是抬了一下头，然后又低下头去看图纸。

"是的，这是个很长远的项目。"

"呵，我们尽力配合吧，但眼前的情况你也看到了。"局长抬起头来，把手伸向他。刘欣和他握手时，看到了他脸上和李民生一样的憔悴倦容，同时感觉到他有两根手指变形了——那是早年一次井下工伤造成的。

"你去找负责科研的张副局长，去找赵总工程师也行，我没空，真对不起，等你们有一定结果后我们再谈。"局长说完，又把注意力集中到图纸上去了。

"您认识我父亲，您曾是他队里的技术员。"刘欣说出了他父亲的名字。

　　局长点点头："好工人，好队长。"

　　"您对现在煤炭工业的形势怎么看？"刘欣突然问，他觉得只有尖锐地切入正题才能引起这人的注意。

　　"什么怎么看？"局长头也没抬地问。

　　"煤炭工业是典型的传统工业、落后工业和夕阳工业。它劳动密集，工人的工作条件恶劣，产出率低。产品运输要占用巨量运力……煤炭工业曾是英国工业的一个重要组成部分，但英国在十年前就关闭了所有的煤矿！"

　　"我们关不了。"局长说，仍未抬头。

　　"是的，但我们要改变！彻底改变煤炭工业的生产方式！否则，我们永远无法走出现在这种困境。"刘欣快步走到窗前，指着窗外的人群，"煤矿工人，千千万万的煤矿工人，他们的命运难以有根本的改变！我这次来……"

　　"你下过井吗？"局长打断了他。

　　"没有。"一阵沉默后，刘欣又说，"父亲死前不让我下。"

　　"你做到了。"局长说。他伏在图纸上。刘欣看不到他的表情和目光，刚才那种针刺的感觉又回到了他身上。他觉得很热，这个季节，他的西装和领带只适合有空调的房间。这里没有空调。

　　"您听我说，我有一个目标，一个梦。这梦在我父亲死的时候就有了。为了我的这个梦、这个目标，我上了大学，又出国读了博士……我要彻底改变煤炭工业的生产方式，改变煤矿工人的命运。"

　　"简单些，我没空。"局长把手向后指了一下。刘欣不知他指的是不是窗外的人群。

"只要一小会儿，我尽量简单些说。煤炭工业的传统生产方式是：在极差的工作环境中，用密集的劳动、很低的效率，把煤从地下挖出来，然后占用大量铁路、公路和船舶的运力，把煤运输到使用地点，然后再把煤送到煤气发生器中，产生煤气，或送入发电厂，经磨煤机研碎后送进锅炉燃烧……"

"简单些，直截了当些。"

"我的想法是：把煤矿变成一个巨大的煤气发生器，使煤层中的煤在地下就变为可燃气体，然后用开采石油或天然气的方式地面钻井开采，并通过专用管道把这些气体输送到使用点。用煤量最大的火力发电厂的锅炉也可以燃烧煤气。这样，矿井将消失，煤炭工业将变成一个同现在完全两样的崭新的现代化工业！"

"你觉得自己的想法很新鲜？"

刘欣不觉得自己的想法新鲜，同时他也知道，这位局长——矿业学院60年代的高才生，现今国内最权威的采煤专家之一——也不会觉得新鲜。局长当然知道，煤的地下气化在几十年前就是世界性的研究课题，这几十年中，数不清的研究所和跨国公司开发出了数不清的煤气化催化剂，但至今煤的地下气化仍是一个梦，一个人类做了近一个世纪的梦。原因很简单，那些催化剂的价格远高于它们产生的煤气。

"您听着，我不用催化剂也可以做到煤的地下气化！"

"怎么个做法呢？"局长终于推开了眼前的图纸，似乎很专心地听刘欣说下去。这给了他很大的鼓舞。

"把地下的煤点着！"

一阵长时间的沉默。局长直直地看着刘欣，同时点上一支烟，热情地示意他说下去。但刘欣的兴奋劲儿一下降了下来，他已经看出局长热情的实质。在日日夜夜艰苦而枯燥的工作中，他终于找到了一个短暂的放松消遣的机会——一个可笑的傻瓜来免费表演了。刘欣只好硬着头皮说下去：

"开采是通过在地面向煤层钻孔实现的，用现有的油田钻机就可实现，其作用如下：一，向煤层中布放大量的传感器；二，点燃地下煤层；三，向煤层中注水或水蒸气；四，向煤层中导入助燃空气；五，导出气化煤。

"地下煤层被点燃并同水蒸气接触后，将发生以下反应：碳同水生成一氧化碳和氢气，碳同水生成二氧化碳和氢气；然后，碳同二氧化碳生成一氧化碳，一氧化碳同水又生成二氧化碳和氢气。最后的结果将产生一种类似于水煤气的可燃气体，其中的可燃成分是百分之五十的氢气和百分之三十的一氧化碳，这就是我们可以得到的气化煤。

"传感器将煤层中各点的燃烧情况和一氧化碳等可燃气体的产生情况通过次声波信号传回地面，这些信号汇总到计算机中，生成一个煤层燃烧场的模型。根据这个模型，我们就可从地面通过钻孔控制燃烧场的范围，并控制其燃烧的程度。具体的方法是通过钻孔注水抑制燃烧，或注入高压空气或水蒸气加剧燃烧。这一切都是计算机根据燃烧场模型的变化自动进行的，可以使整个燃烧场处于最佳的水煤混合不完全燃烧状态，保持最高的产气量。您最关心的当然是燃烧范围的控制，针对这个问题，我们可以在燃烧蔓延的方向上打一排钻孔，注入高压水，形成地下水墙阻断燃烧；在火势较猛的地方，还可采用大坝施工中的水泥高压灌浆帷幕来阻断燃烧……你在听我说吗？"

窗外传来一阵喧哗，吸引了局长的注意力。刘欣知道，他的话在局长脑海中产生的画面肯定和自己想象中的不一样。局长当然清楚点燃地下煤层意味着什么。现在，地球上各大洲都有很多燃烧着的煤矿，中国就有几座。去年，刘欣在新疆第一次见到了地火。在那里，极目望去，大地和丘陵寸草不生，空气中涌动着充满硫黄味的热浪，使周围的一切都在晃动，仿佛整个世界都被放在烤架上。入夜，刘欣看到一道道幽幽的红光，它们是从地上无数裂缝中透出的。刘欣走近一条裂缝，探身向里看去，立刻倒吸了一口冷气。这儿像是地狱的入口。红光从深处透上来，热力逼人。再抬头看看夜幕下这透出道道红光的大地，刘欣一时觉得地球像一块被薄薄地层包裹着的火炭！陪刘欣去的是一个叫阿古力的强壮维吾尔族汉子，他是中国唯一一支专业煤层灭火队的队长。刘欣那次去的目的，就是要把他招聘到自己的实验室中。

　　"离开这里我还有些舍不得，"阿古力用生硬的汉话说，"我是看着地火长大的，它在我眼中成了世界必不可少的一部分，像太阳星星一样。"

　　"你是说，从你出生时这火就烧着？"

　　"不，刘博士，这火从清朝时就烧着！"

　　刘欣一下呆立住了，在黑夜中的滚滚热浪面前，打着寒战。

　　阿古力接着说："与其说我答应去帮你，还不如说是去阻止你。听我的话，刘博士，这不是闹着玩儿的，你在干魔鬼的勾当呢！"

　　……

　　这时，窗外的声音更大了，局长站起身向外走去，同时对刘欣说："年轻人，我真希望部里用投在这个项目上的那6000万干些别的。

你已看到，需要干的事儿太多了，回见。"

刘欣跟在局长身后来到办公楼外面，看到等候的人更多了。一位领导正对群众喊话，刘欣没有听清那人在说什么，他的注意力被人群一角的情景吸引了，那里有一大片轮椅。这个年代，你不会在别的地方见到这么多的轮椅集中在一块儿，轮椅还在源源不断地出现，每只轮椅上都坐着一位因工伤截肢的矿工……

刘欣感到透不过气来，他扯下领带，低着头急步穿过人群，钻进自己的汽车。他漫无目的地开车乱转，脑子一片空白。不知转了多长时间，他刹住车，发现自己来到一座小山顶上。他小时候常到这里来，从这儿可以俯瞰整个矿区。他呆呆地站在那儿，不知过了多长时间。

"都看到些什么？"一个声音响起。刘欣回头一看，李民生不知什么时候站在他身后。

"那是我们的学校。"刘欣向远方指了一下。那是一所很大的、中学和小学在一起的矿山学校，校园内的大操场格外醒目。在那儿，他们埋葬了自己的童年和少年。

"你自以为记得过去的每一件事。"李民生在旁边的一块石头上坐下来，有气无力地说。

"我记得。"

刘欣猛地转身盯着他童年的朋友："你怎么变成这个样子？我不认识你了！"

李民生猛地站起身，也盯着刘欣，同时用一只手指着山下黑灰色的世界："那矿山怎么变成这个样子？你还认识它吗？"他又颓然坐下，"那个时代，我们的父辈是多么骄傲的一群，伟大的煤矿工人是多么骄傲的一群！就说我父亲吧，他是八级工，一个月能挣120元！那个时代的120元啊！"

刘欣沉默了一会儿，想转移话题："家里人都好吗？你爱人，她叫……什么珊来着？"

李民生又苦笑了一下："现在连我都几乎忘记她叫什么了。去年，她对我说她去出差，扔下我和女儿，不见了踪影。两个多月后，她来了一封信，信是从加拿大寄来的，她说再也不愿和一个煤黑子一起葬送人生了。"

"有没有搞错，你是高级工程师啊！"

"都一样。"李民生对着下面的矿山画了一大圈，"在她们眼里，我们都是煤黑子。呵，还记得我们是怎样立志当工程师的吗？"

"那年创高产，我们去给父亲送饭，那是我们第一次下井。在那黑乎乎的地方，我问父亲和叔叔们，你们怎么知道煤层在哪儿？怎么知道巷道向哪个方向挖？特别是，你们在深深的地下从两个方向挖洞，怎么能准准地碰到一块儿？"

"你父亲说，孩子，谁都不知道，只有工程师知道。我们上井后，他指着几个把安全帽拿在手中围着图纸看的人说，看，他们就是工程师。当时在我们眼中，那些人就是不一样。至少，他们脖子上的毛巾白了许多……"

"现在我们实现了儿时的愿望，当然说不上什么辉煌，总得尽责任做些什么，要不岂不是背叛了自己？"

"闭嘴吧！"李民生愤怒地站了起来，"我一直在尽责任，一直在做着什么。倒是你，成天就生活在梦中！你真的认为你能让煤矿工人从矿井深处走出来？能让这矿山变成气田？就算你的那套理论和实验都成功了，又能怎么样？你计算过那玩意儿的成本吗？还有，你用什么来铺设几万千米的输气管道？要知道，我们现在连煤的铁路运费都付不起了！"

"为什么不从长远看？几年，几十年以后……"

"见鬼吧！我们现在连几天以后都没着落呢！我说过，你是靠做梦过日子的，从小就是！当然，在北京六铺炕那幢安静的旧大楼（国家煤炭设计院所在地）中，你这梦可以随便做。我不行，我生活在现实中！"李民生揶揄了一通，转身要走时才想起来意，"哦，我来是告诉你，局长已安排我们处配合你们的实验。工作是工作，我会尽力的。三天后我给你实验煤层的位置和详细资料。"说完，他头也不回地走了。

刘欣呆呆地看着这埋葬了他童年和少年时代的矿山。他看到了高大的井架，顶端巨大的卷扬轮正转动着，把看不见的大罐笼送入深深的井下；他看到了一排排轨道电车从他父亲工作过的矿井出入；他看到了选煤楼下，一列火车正从一长排数不清的煤斗下缓缓开出；他看到了电影院和球场，在那里他度过了最美好的童年时光；他看到了高大的矿工澡堂——只有在煤矿才有这样大的澡堂。在那宽大澡池被煤粉染黑的水中，他居然学会了游泳！是的，在这远离大海和大河的地方，他是在那儿学会游泳的！他的目光移向远方，看到了高大的矸石山。那是上百年来从煤中捡出的黑石堆成的山，看上去比周围的山都高大。矸石中的硫黄因雨水而发热，正冒出一阵阵青烟……这里的一切都被岁月罩上一层黑灰色，这也是刘欣童年的颜色，生命的颜色。他闭上双眼，听着矿山发出的声音。时光在这里仿佛停止了流逝。

啊，父辈们的矿山，我的矿山……

这是离矿山不远的一个山谷，白天可以看到矿山的烟雾和蒸汽从山后升起，夜里可以看到矿山灿烂的灯火在天空中映出的光晕，矿山的汽笛声也清晰可闻。现在，刘欣、李民生和阿古力站在山谷的中央，看到这里很荒凉，远处山脚下有一个牧人赶着一群瘦山羊慢慢走过。这个山谷下面，就是刘欣要做地下气化煤开采实验的那片孤立的小煤层。这是李民生和地质处的工程师们花了一个月的时间，从地质处资料室那堆积如山的地质资料中找到的。

"这里离主采区较远，所以地质资料不太详细。"李民生说。

"我看过你们的资料。从现有资料看，实验煤层距大煤层至少有 200 米，还是可以的。我们要开始干了！"刘欣兴奋地说。

"你不是搞煤矿地质专业的，对这方面的实际情况了解不多，我劝你还是慎重一些，再考虑考虑吧！"

"现在实验根本不能开始！"阿古力说，"我也看过资料，太粗疏了！勘探钻孔间距太大，还都是 60 年代初搞的，应该重新进行勘探，必须确切证明这片煤层是孤立的，实验才能开始。我和李工搞了一个勘探方案。"

"按这个方案完成勘探需要多长时间？还要追加多少投资？"

李民生说："按地质处现有的力量，时间至少一个月。投资没细算过，估计……怎么也得 200 万左右吧。"

"我们既没时间也没钱干这事儿。"

"那就向部里请示！"阿古力说。

"部里？部里早就有一帮人想砍掉这个项目了！上面急于看到结果，我再回去要求延长时间和追加预算，岂不是自投罗网！直觉告诉我不会有太大问题的，就算我们冒个小险吧。"

"直觉？冒险？把这两个东西用到这件事上？刘博士，你知道这是在什么上面动火吗？这还是小险？"

"我已经决定了！"刘欣猛地把手一劈，独自向前走去。

"李工，你怎么不制止这个疯子？我们可是达成过一致看法的！"阿古力对李民生质问道。

"我只做自己该做的。"李民生冷冷地说。

山谷里有 300 多人在工作，他们中除了物理学家、化学家、地质学家和采矿工程师外，还有一些意想不到的其他专业人员：有阿古力率领的一支十多人的煤层灭火队，来自仁丘油田的两个完整的石油钻井班，几名负责建立地下防火帷幕的水工建筑工程师和工人。这个工地上，除了几台高大的钻机和成堆的钻杆外，还可以看到搅拌机和小山一样高的袋装水泥。高压泥浆泵轰鸣着将水泥浆注入地层中，还有成排的高压水泵和空气泵，以及蛛丝般错综复杂的各色管道……

工程已进行了两个月，他们在地下建立了一道总长 2000 多米的灌浆帷幕，把这片小煤层围了起来。这本是一项水电工程中的技术，用于大坝基础的防渗。刘欣想用它建立地下防火墙——高压注入的水泥浆在地层中凝固，形成一道地火难以穿透的严密屏障。在防火帷幕包围的区域中，钻机打出了近百个深孔，每个都直达煤层。每个孔口都连接着一根管道，这根管道又分成三根支管，连接到不同的高压泵上，可分别向煤层中注入水、水蒸气和压缩空气。

最后的一项工作是放"地老鼠"，这是人们对燃烧场传感器的俗称。这种由刘欣设计的神奇玩意儿并不像老鼠，倒很像一颗小炮弹。

它有 20 厘米长，头部有钻头，尾部有驱动轮。被放进钻孔后，"地老鼠"能凭借钻头和驱动轮在地层中移动上百米，自动抵达指定位置；它能在高温高压下工作，在煤层被点燃后，它用可穿透地层的次声波把所在位置的各种参数传给主控计算机。现在，他们已在这片煤层中放入了上千个"地老鼠"，其中有一半放置在防火帷幕之外，以监测可能透过帷幕的地火。

在一顶宽大的帐篷中，刘欣站在一块投影屏幕前，屏幕上显示出防火帷幕圈，计算机根据收到的信号用闪烁光点标出所有"地老鼠"的位置。它们密集分布着，整个屏幕看上去就像一幅天文星图。

一切都已就绪，两根粗大的点火电极被从帷幕圈中央的一个钻孔放下去，电极的电线直接通到刘欣所在的大帐篷中，接到一个有红色大按钮的开关上。这时所有的工作人员都各就各位，兴奋地等待着。

"你最好再考虑一下，刘博士。你干的事太可怕了。你不知道地火的厉害！"阿古力再次对刘欣说。

"好了，阿古力。你从到我这儿来的第一天，就到处散布恐慌情绪，还告我的状，一直告到煤炭部，但公平地说，你在这个工程中是做了很大贡献的，没有你这一年的工作，我不敢贸然实验。"

"刘博士，别把地下的魔鬼放出来！"

"你觉得我们现在还能放弃？"刘欣笑着摇摇头，然后转向站在旁边的李民生。

李民生说："根据你的吩咐，我们第六遍检查了所有的地质资料，没有问题。昨天晚上我们还在敏感位置又加了一道帷幕。"他指了指屏幕上帷幕圈外的几个小线段。

刘欣走到点火电极的开关前，把手指放到红色按钮上时，他停了一下，闭起了双眼，像在祈祷。他嘴动了动，只有离他最近的李民生听清了他说的两个字：

"爸爸……"

红色按钮按下了，没有任何声音和闪光，山谷还是原来的山谷，但在地下深处，在上万伏的电压下，点火电极在煤层中迸发出雪亮的高温电弧。投影屏幕上，放置点火电极的位置出现了一个小红点，红点很快扩大，像滴在宣纸上的一滴红墨水。刘欣动了一下鼠标，屏幕上换了一幅画面，显示出计算机根据"地老鼠"发回的信息生成的燃烧场模型，那是一个洋葱状的不断扩大的球体，洋葱的每一层代表一个等温层。高压空气泵在轰鸣，助燃空气从多个钻孔汹涌地注入煤层，燃烧场像一个被吹起的气球一样扩大着……一个小时后，控制计算机启动了高压水泵，屏幕上燃烧场的形状变得扭曲复杂起来，但体积并没有缩小。

刘欣走出了帐篷，外面太阳已落山，各种机器的轰鸣在黑下来的山谷中回荡。300多人都聚集在外面，围着一个直立的喷口，那喷口有油桶一般粗。人们为刘欣让开一条路，他走上了喷口下的小平台。平台上已有两个工人，其中一个看到刘欣到来，便开始旋动喷口的开关轮；另一个用打火机点燃了一束火把，递给刘欣。随着开关轮的旋动，喷口中响起一阵气流的嘶鸣，音量骤增，就像一个喉咙嘶哑的巨人在山谷中怒吼。在四周，300张紧张期待的脸在火把的光亮中时隐时现。刘欣又闭上双眼，再次默念了那两个字：

"爸爸……"

然后他将火把伸向喷口，点燃了人类第一口燃烧气化煤井。

轰的一声，一根巨大的火柱腾空而起，猛蹿至十几米高。那火柱紧接喷口的底部呈透明的纯蓝色，向上很快变成刺眼的黄色，再向上渐渐变红。它在半空中发出低沉强劲的啸声，离得最远的人都能感觉到它澎湃的热力，周围的群山被它的光芒照得通亮，远远望去，宛如黄土高原上空一盏灿烂的天灯！

人群中走出一个头发花白的人——是局长。他握住刘欣的手说："接受我这个思想僵化的落伍者的祝贺吧，你搞成了！不过，我还是希望尽快把它灭掉。"

"您到现在还不相信我？它不能灭掉，我要让它一直燃着，让全国和全世界都看看！"

"全国和全世界已经看到了。"局长指了指身后蜂拥而上的电视台记者，"但你要知道，实验煤层和周围大煤层的最近距离不到200米。"

"可在这些危险的位置，我们连打了三道防火帷幕，还有好几台高速钻机随时待命，绝对没有问题！"

"我不知道有无问题，只是很担心。这是部里的工程，我无权干涉。但任何一项新技术，不管看上去多成功，都有潜在的危险。在这几十年中，各种危险我见过不少，可能是我思想僵化的原因吧，我真的很担心……不过，"局长再次把手伸给了刘欣，"我还是谢谢你，你让我看到了煤炭工业的希望。"他又凝视了火柱一会儿，"你父亲会很高兴的。"

以后的两天又点燃了两个喷口，火柱达到了三根。这时，实验煤层的产气量按标准供气压力计算，已达 50 万立方米每小时，相当于上百台大型煤气发生炉。

对地下煤层燃烧场的调节全部由计算机完成，燃烧场的面积严格控制在帷幕圈总面积的三分之二以内，且界限稳定。应矿方的要求，刘欣多次做了燃烧场控制实验。他在计算机上用鼠标画一个圈，限定燃烧范围，然后按住鼠标把这个圈缩小。随着外面高压泵的轰鸣，一个小时内，实际燃烧场的面积退到缩小的圈内。同时，在距离大煤层较近的危险地带，又增加了两道长200多米的防火帷幕。

刘欣没有太多的事可做，大量时间都花在接受记者采访和对外联络上。国内外的许多大公司闻风而来，其中包括像杜邦和埃克森这样的巨头。

第三天，一个煤层灭火队员找到刘欣，说他们队长要累垮了。这两天，阿古力带领灭火队发疯似的一遍遍地搞地下灭火演习，还自作主张，租用国家遥感中心的一颗卫星监视这一地区的地表温度。他已连续三夜没睡觉，晚上在帷幕圈外面远远近近地转，一转就是一夜。

刘欣找到阿古力，看到这个强壮的汉子消瘦了许多，双眼红红的。"我睡不着，"阿古力说，"一合眼就做噩梦，看到大地上到处喷着这样的火柱子，像一个火的森林……"

刘欣说："租用遥感卫星是一笔很大的开销，虽然我觉得没必要，但既然已做了，我尊重你的决定。阿古力，我以后还是很需要你的。虽然我觉得你的煤层灭火队不会有太多的事可做，但再安全的地方也是需要消防队的。你太累了，先回北京去休息几天吧！"

"我现在离开？你疯了！"

"你在地火上面长大，对它形成了一种根深蒂固的恐惧感。现在，我们虽然还控制不了像新疆煤矿地火那么大的燃烧场，但我们很快就能做到！我打算在新疆建第一个商业化运营的气化煤田，到时候，那里的地火为我们所用，你家乡的土地将布满美丽的葡萄园。"

"刘博士，我很敬重你，这也是我跟你干的原因，但你总是高估自己。在地火面前，你还只是个孩子呢！"阿古力苦笑道，摇着头走了。

灾难是在第五天降临的。当时天刚亮，刘欣被推醒了，看到面前站着阿古力，他气喘吁吁，双眼发直，像得了热病，裤腿都被露水打湿了。他把一张激光打印机打出的照片举到刘欣面前，举得那么近，都快挡住刘欣的双眼了。那是一幅卫星发回的红外线彩色温度遥感照片，像一幅色彩斑斓的抽象画。刘欣看不懂，迷惑地望着他。"走！"阿古力大吼一声，拉着刘欣的手冲出帐篷。刘欣跟着他向山谷北面的一座山上攀去，一路上，刘欣越来越迷惑。首先，这是最安全的一个方向，在这个方向上，实验煤层距大煤层有上千米远；其次，阿古力现在领他走得也太远了，他们已接近山顶，帷幕圈远远落在下面，在这儿能出什么事呢？到达山顶后，刘欣喘息着正要质问，却见阿古力把手指向山另一边更远的地方。刘欣放心地笑了，笑阿古力神经过敏。但顺着阿古力手指的方向看了好一会儿后，他终于发现远处山坡低处的草地有些异样：那里出现了一个圆，圆内的绿色比周围略深一些，不仔细看根本无法察觉。刘欣的心猛然缩紧，他和阿古力向山下跑去，向草地上那个暗绿色的圆跑去。

跑到那里后，刘欣跪在草地上仔细察看圆内的草，并把它们同圆外的相比较，发现这些草已蔫软，倒伏在地，像被热水泼过一样。刘欣把手按到草地上，明显地感觉到了来自地下的热力。在圆的中心，一缕蒸汽在刚刚出现的阳光中缓缓升起……

经过一个上午的紧急钻探，又施放了上千个"地老鼠"，刘欣终于确定了一个噩梦般的事实：大煤层着火了。燃烧的范围一时还无法摸清，因为"地老鼠"在地下的行进速度只有每小时十几米。但大煤层比实验煤层深得多，它的燃烧热量透到了地表，说明已燃烧了相当长的时间，火场已很大了。

事情有些奇怪，在燃烧的大煤层和实验煤层之间的1000米土壤和岩石带完好无损，地火是在这上千米隔离带的两边烧起来的，以至于有人提出大煤层的火同实验煤层没有什么关系。但这只是自我安慰，连提出这个看法的人自己也不太相信。随着勘探的深入，事情终于在深夜搞清楚了。

从实验煤层中伸出了八条狭窄的煤带，这些煤带最窄处只有半米，很难察觉。其中五条煤带被防火帷幕截断，而有三条煤带向下延伸，刚好爬过了帷幕的底部。这三条"煤蛇"中的两条中断了，但有一条一直通向千米外的大煤层。这些煤带实际是被煤填充的地层裂缝，裂缝都与地表相通，为燃烧提供了良好的供氧。于是，那条煤带成了连接实验煤层和大煤层的一根导火索。

这三条煤带都没有在李民生提供的地质资料上标明。事实上，这种狭长的煤带是极其罕见的，大自然开了一个残酷的玩笑。

"我没有办法，孩子得了尿毒症，要不停地做透析，这个项目的酬金对我太重要了！所以我没有尽全力阻止你……"李民生脸色苍白，回避着刘欣的目光。

现在，他们和阿古力站在隔开两片地火的山峰上。又是一个早晨，矿山和山峰之间的草地已全部变成了深绿色，而昨天他们看到的那个圆形区域现在已成了焦黄色！蒸汽在山下弥漫，矿山已看不清楚了。

阿古力对刘欣说："我在新疆的煤矿灭火队和大批设备已乘专

机到达太原，很快就会到这里。全国其他地区的力量也在向这儿集中。从现在的情况看，火势很凶，蔓延飞快！"

刘欣默默地看着阿古力，好大一会儿才低声问："还有救吧？"

阿古力轻轻地摇摇头。

"你就告诉我，还有多大的希望。如果封堵供氧通道，或注水灭火……"

阿古力又摇摇头，"我有生以来一直在灭火，可地火还是烧毁了我的家乡。我说过，在地火面前，你只是个孩子。你不知道地火是什么。在那深深的地下，它比毒蛇更光滑，比幽灵更莫测。它想去哪儿，凡人是拦不住的。这里的地下有巨量的优质无烟煤，是魔鬼渴望了上亿年的东西。现在你把魔鬼放出来了，它将拥有无穷的能量和力量。这里的地火将比新疆的大百倍！"

刘欣抓住维吾尔族汉子的双肩绝望地摇晃着，"告诉我还有多大希望！求求你说真话！"

"百分之零。"阿古力轻轻地说，"刘博士，你此生很难赎清自己的罪了。"

在局大楼里召开了紧急会议，莅会的除了矿务局主要领导和五个矿的矿长外，还有包括市长在内的市政府的一群忧心忡忡的官员。会上首先成立了应急指挥中心，中心总指挥由局长担任，刘欣和李民生都是领导小组的成员。

"我和李工将尽自己最大努力做好工作，但还是请大家明白，我们现在都是罪犯。"刘欣说。李民生在一边低头坐着，一言不发。

"现在还不是讨论责任的时候。只干，别多想。"局长看着刘欣说，

"知道最后这五个字是谁说的吗？你父亲。那时我是他队里的技术员，有一次为了达到当班的产量指标，我不顾他的警告，擅自扩大了采掘范围，结果造成工作面大量进水，队里二十几个工友被水困在巷道的一角。当时大家的头灯都灭了，也不敢用打火机，一怕瓦斯，二怕消耗氧气，因为水已把那里全封死了。黑得伸手不见五指，这时你父亲告诉我，他记得上面是另一条巷道，顶板好像不太厚。然后我就听到他用镐挖顶板，我们几个也都摸到镐跟着他在黑暗中挖了起来。氧气越来越少，我们开始感到胸闷头晕。还有那黑暗，那是地面上的人见不到的绝对的黑暗，只有镐头撞击顶板的火星在闪烁。当时对我来说，活着真是一种折磨。是你父亲支撑着我，他在黑暗中反复对我说那五个字：只干，别多想。不知挖了多长时间，当我就要在窒息中昏迷时，顶板挖塌了一个洞，上面巷道防爆灯的光亮透射进来……后来你父亲告诉我，他也不知道顶板有多厚，但那时人只能是'只干，别多想'。这么多年，这五个字在我脑子中越刻越深，现在我替你父亲把它传给你了。"

会上，从全国各地紧急赶到的专家们很快制订了灭火方案。可供选择的手段不多，只有三个：一，隔绝地下火场的氧气；二，用灌浆帷幕切断火路；三，向地下火场大量注水灭火。这三个措施同时进行，但第一个方法早就证明难以奏效，因为通向地下的供氧通道极难定位，就是找到了，也很难堵死；第二个方法只对浅煤层火场有效，且速度太慢，赶不上地下火势的迅速蔓延；最有希望的只剩第三个灭火方法。

消息仍然被封锁，灭火工作在悄悄进行。从仁丘油田紧急调来的大功率钻机在人们好奇的目光中穿过煤城的公路，军队开进了矿山，天空出现了盘旋的直升机……一种不安的情绪笼罩着矿山，各种传言开始像野火一样蔓延。

大型钻机在地下火场的火头上一字排开，钻孔完成后，上百台高压水泵开始向冒出青烟和热浪的井孔中注水。注水量是巨大的，以至于矿山和城市生活区全部断水，社会的不安和骚动进一步加剧。但注水的结果令人鼓舞。在指挥中心的大屏幕上，红色火场的前锋面出现了一个个以钻孔为中心的暗色圆圈，标志着注水在急剧降低火场温度。如果这一排圆圈连接起来，就有希望截断火势的蔓延。

但这使人稍稍安慰的局势并没有持续多长时间。在高大的钻塔旁边，来自油田的钻井队长找到了刘欣。

"刘博士，有三分之二的井位不能再钻了！"他在钻机和高压泵的轰鸣声中大喊。

"你开什么玩笑？我们现在必须在火场上大量增加注水孔！"

"不行！那些井位的井压都在急剧增大，再钻下去要井喷的！"

"你胡说！这儿不是油田，地下没有高压油气层，怎么会井喷？"

"你懂什么！我要停钻撤人了！"

刘欣愤怒地抓住队长满是油污的衣领，"不行！我命令你钻下去！不会有井喷的！听到了吗？不会！"

话音未落，钻塔方向就传来了一声巨响，两人转头望去，只见沉重的钻孔封瓦裂成两半飞了出来，一股黄黑色的浊流嘶鸣着从井口喷涌而出，浊流中，折断的钻杆七零八落地飞出。在人们的惊叫声中，那股浊流的色调渐渐变浅，这是由于其中泥沙含量减少的缘故。接着，它变成了雪白色。人们明白了，这是注入地下的水被地火加热后变成的高压蒸汽！刘欣看到了司钻的尸体被挂在钻塔高高的顶端，在白色的蒸汽冲击下疯狂地摇晃，时隐时现。而钻台上的另外三个工人已不见踪影！

更恐怖的一幕出现了，那条白色巨龙的头部脱离了地面，渐渐升起，最后升到了钻塔以上，仿佛横空出世的白发魔鬼，而这魔鬼同地面的井口之间，除了破损的井架之外竟空无一物！只能听到那可怕的啸声，以至于几个年轻工人以为井喷停了，犹豫着向钻台迈步，但刘欣死死抓住了他们中的两个，高喊："不要命了！过热蒸汽！"

在场的工程师们很快明白了眼前这奇景的含义，但让其他人理解并不容易。同人们的常识相反，水蒸气是看不到的，人们看到的白色只是水蒸气在空气中冷凝后结成的微小水珠。而水在高温高压下会形成可怕的过热蒸汽，其温度高达四五百摄氏度！它不会很快冷凝，所以现在只能在钻塔上方看到它显形。这样的蒸汽平常只在火力发电厂的高压汽轮机中存在，而它一旦从高压输气管中喷出（这样的事故不止一次发生），就可以在短时间内穿透一堵砖墙！人们惊恐地看到，刚才潮湿的井架在无形的过热蒸汽中很快被烤干了，几根悬在空中的粗橡胶管像蜡做的一样被熔化！这魔鬼蒸汽冲击着井架，发出让人头皮发麻的巨响……

地下注水已不可能了。即使可能，注入地下火场中的水的助燃作用已大于灭火作用。

应急指挥中心的全体成员来到距地火前端最近的三矿四号井井口前。

"火场已逼近这个矿的采掘区。"阿古力说，"如果火头到达采掘区，矿井巷道将成为地火强有力的供氧通道，那时地火火势将猛增许多倍……情况就是这样。"他打住了话头，不安地望着局长和三矿矿长。他知道采煤人最忌讳的是什么。

"现在井下情况怎么样？"局长不动声色地问。

"八个井的采煤和掘进工作都在正常进行，这主要是为了安定着想。"矿长回答。

"全部停产，井下人员立即撤出。然后，"局长停了下来，沉默了两三秒钟，"封井。"局长终于说出了那两个最让采煤人心碎的字。

"不！不行！"李民生失声叫道，然后才发现自己还没想好理由，"封井……封井……社会马上就会乱起来，还有……"

"好了。"局长轻轻挥了一下手，他的目光说出了一切：我知道你的感觉，我也一样，大家都一样。

李民生抱头蹲在地上，双肩颤抖，却哭不出声来。矿山的领导者和工程师们面对井口默默地站着，宽阔的井口像一只巨大的眼睛看着他们，就像20多年前看着童年的刘欣一样。

他们在为这座百年老矿致哀。

不知过了多长时间，局总工程师低声打破沉默："井下的设备，看看能弄出多少就弄出多少。"

"那么，"矿长说，"组织爆破队吧！"

局长点点头，"时间很紧，你们先干，我同时向部里请示。"

局党委书记说："不能用工兵吗？用矿工组成的爆破队……怕要出问题。"

"考虑过，"矿长说，"但现在到达的工兵只有一个排，即使爆破一个井，人力也远远不够。再说他们也不熟悉井下爆破作业。"

……

距火场最近的四号井最先停产。井下矿工一批批乘电轨车上到井口，发现上百人的爆破队正围在一堆钻杆旁边等待着什么。他们上前去打听，但爆破队的矿工们也不知道自己要干什么，只是接到命令带着钻孔设备集合。突然，人们的注意力都被吸引到一个方向，一个车队正在朝井口开来。第一辆卡车上坐满了持枪的武警，跳下车来为后面的卡车围出了一块停车场。后面有11辆卡车，它们停下后，篷布很快被掀开，露出了下面整齐码放的黄色木箱。矿工们惊呆了，他们知道那是什么。

整整十卡车，是每箱24公斤装的硝酸铵二号矿井炸药，总重约有50吨。最后一辆较小的卡车上有几捆用于绑药条的竹条。还有一大堆黑色塑料袋，矿工们知道那里面装的是电雷管。

刘欣和李民生刚从一辆车的驾驶室里跳下来，就看到刚任命的爆破队队长，一个长着络腮胡的壮汉，手里拿着一卷图纸迎面走来。

"李工，这是让我们干什么？"队长问，同时展开图纸。

李民生指点着图纸，手微微发抖："三条爆破带，每条长35米，具体位置在下面那张图上。爆孔分150毫米和75毫米两种，装药量分别是每米28公斤和每米14公斤，爆孔密度……"

"我问你要我们干什么？！"

在队长那喷火双眼的逼视下，李民生无声地低下头。

"弟兄们，他们要炸毁大巷啦！"队长转身冲人群高喊。矿工一阵骚动，接着如一堵墙一样围逼上来。武警士兵组成半圆形阻止人群靠近卡车，但在那势不可当的黑色人海的挤压下，警戒线弯曲变形，很快就要被冲破了。这一切都是在阴沉的气氛中发生的，只听到脚步的摩擦声和拉枪栓的声响。在最后关头，人群停止了涌动，矿工们看到局长和矿长出现在一辆卡车的踏板上。

"我15岁就在这口井干了，你们要毁了它？！"一个老矿工高喊，脸上刀刻般的皱纹在厚厚的煤灰下仍很清晰。

"炸了井，往后的日子怎么过？"

"为了什么炸井？"

"现在矿上的日子已经很难了，你们还折腾什么？"

……

人群炸开了，愤怒的声浪一阵高过一阵。在那落满煤灰的黑脸的海洋中，白色的牙齿十分醒目。局长冷静地等待着，人群在愤怒的声浪中又骚动起来，在即将再次失控时，他才开始说话：

"大家往那儿看。"他向井口旁边的一座小山丘指去。他的声音不大，但却使愤怒的声浪立刻平息下来，所有的人都朝他指的方向看去。

那座小山丘顶上立着一根黑色的煤柱子，有两米多高，粗细不均。一圈落满煤尘的石栏杆围着那根煤柱。

"大家都管那东西叫老炭柱，但你们知道吗？它立起来的时候并不是一根柱子，而是一块四四方方的大煤块。那是100多年前，清朝的张之洞总督在开矿典礼上立起的。它是被这百多年的风雨蚀成一根柱子了。这百多年，我们这个矿山经历了多少大灾大难，谁还记得清呢？这时间不短啊同志们，四五辈人啊！这么长时间，我们总该记下些什么，总该学会些什么。如果实在什么也记不下，什么也学不会，总该记下和学会一样东西，那就是——"局长对着黑色的人海挥起双手，"天，塌不下来！"

空气凝固了，似乎连呼吸都已停滞。

"中国的产业工人，中国的无产阶级，没有比我们历史更长的了，没有比我们经历的风雨和灾难更多的了。煤矿工人的天塌了吗？没有！我们这么多人现在能站在这儿看那老炭柱，就是证明，我们的天塌不了！过去塌不了，将来也塌不了！

"说到难，有什么稀罕啊同志们，我们煤矿工人什么时候容易过？从老祖宗辈算起，我们什么时候有过容易日子啊！你们再扳着指头算算，中国的，世界的，工业有多少种，工人有多少种，哪种比我们更难？没有，真的没有。难有什么稀罕？不难才怪，因为我们不但要顶起天，还要撑起地啊！怕难，我们早断子绝孙了！

"但社会和科学都在发展，很多有才能的人在为我们想办法，这办法现在想出来了，我们有希望完全改变自己的生活，我们要走出黑暗的矿井，在太阳底下，在蓝天底下采煤了！煤矿工人，将成为最让人羡慕的工作！这希望刚刚出现，不信，就去看看南山沟那几根冲天的大火柱！但正是这次努力，引发了灾难，关于这个，我们会跟大家详细交代。现在大家只需明白，这可能是煤矿工人的最后一难了，是为我们美好明天付出的代价，就让我们抱成一团度过这一难吧！我还是那句话，多少辈人都过来了，天塌不下来！"

人群默默地散去后，刘欣对局长说："现在，我算真正认识了你和我父亲，我可以死而无憾了。"

"只干，别多想。"局长拍拍刘欣的肩膀，又在那里攥了一下。

四号井主巷道爆破工程开始一天后，刘欣和李民生并肩走在主巷道里，脚步发出空洞的回响。他们正走过第一爆破带，昏暗的顶灯下，可以看到高高的巷道顶上密布爆孔，引爆电线如彩色瀑布一样泻下来，在地上叠成一堆。

李民生说："以前我总觉得自己讨厌矿井，恨它吞掉了自己的青春。但现在才知道，我已同它融为一体了。恨也罢，爱也罢，它就是我的青春了。"

"我们不要太折磨自己。"刘欣说，"我们毕竟干成了一些事，不算烈士，就算阵亡吧！"

他们沉默下来，同时意识到，他们谈到了死。

这时，阿古力从后面气喘吁吁地跑过来："李工，你看！"他指着巷道顶说。他指的是几根粗大的帆布管子，那是井下通风管，现在它们瘪下来了。

"天啊，什么时候停的通风？"李民生大惊失色。

"两个小时了。"

李民生用对讲机很快叫来了通风科科长和两名通风工程师。

"没法恢复通风了，李工，下面的通风设备——鼓风机、马达、防爆开关，甚至部分管路——都拆了呀！"通风科长说。

"真是混蛋！谁让你们拆的，你想找死啊！"李民生一反常态，破口大骂起来。

"李工，这是怎么讲话嘛！谁让拆？封井前尽可能多地转移井下设备可是局里的意思，停产安排会你我都是参加了的！我们的人没日没夜干了两天，拆上来的设备有上百万元，就落你这一顿臭骂？再说井都封了，还通什么鸟风！"

李民生长叹一口气。直到现在，事情的真相还没有公布，所以才出现了这样的问题。

"这有什么？"通风科的人走后，刘欣问，"通风不该停吗？这样不是还可以减少向地下的氧气流量？"

"刘博士，你真是个理论的巨人、行动的矮子。一接触到实际，你就什么都不懂了。真像李工说的，你只会做梦！"阿古力说。自煤层失火以来，他对刘欣一直没有客气过。

李民生解释："这里的煤层是瓦斯高发区，通风一停，瓦斯在井下很快聚集，地火到达时可能引起大爆炸，其威力有可能把封住的井口炸开，至少有可能炸出新的供氧通道。不行，必须再增加一条爆破带！"

"可李工，上面第二条爆破带才只干到一半，第三条还没开工，地火距离南面的采区已很近了，把原计划的三条做完都怕来不及啊！"

"我……"刘欣小心地说，"我有个想法不知行不行。"

"哈，用你们的话怎么说，这可是破天荒了！"阿古力冷笑着说，"刘博士还有拿不准的事儿？刘博士还有需要问别人才能决定的事儿？"

"我是说，现在最深处的这一条爆破带已做好，能不能先引爆这一条？这样一旦井下发生爆炸，至少还有一道屏障。"

"要行早这么做了。"李民生说，"爆破规模很大，引爆后，巷道里的有毒气体和粉尘会长时间散不开，让后面的施工无法进行。"

地火的蔓延速度比预想的快，施工领导小组决定只打两条爆破带就引爆，尽快从井下撤出施工人员。天快黑时，大家正在离井口不远的生产楼中，围着图纸研究如何利用一条支巷最短距离引出起爆线，李民生突然说："听！"

一声低沉的响声隐隐约约从地下传来，像大地在打嗝。几秒钟后又一声。

"是瓦斯爆炸，地火已到采区了！"阿古力紧张地说。

"不是说还有一段距离吗？"

没人回答，刘欣的"地老鼠"探测器已用完，现有落后的探测手段很难准确把握地火的位置和推进速度。

"快撤人！"

李民生拿起对讲机，但任凭他如何大喊，都没有任何回答。

"我上井前见张队长干活时怕碰坏对讲机，把它和导线放一块儿了，下面几十台钻机同时钻，声音很大！"一个爆破队的矿工说。

李民生跳起来冲出生产楼，安全帽也没戴，就叫了一辆电轨车，以最快速度向井下开去。电轨车在井口消失前的一瞬，追出来的刘欣看到李民生向他招手，还在向他笑——李民生已经很长时间没笑过了。

地下又传来几声闷响，然后平静下来。

"刚才的一阵爆炸，能不能把井下的瓦斯消耗掉？"刘欣问身边的一名工程师，对方惊奇地看了他一眼。

"消耗？笑话，它只会把煤层中更多的瓦斯释放出来！"

果然，一声冲天巨响，仿佛是地球在脚下爆炸了，井口立刻淹没于一片红色火焰之中。气浪把刘欣高高抛起，世界在他眼中疯狂旋转，同他一起飞落的是纷乱的石块和枕木。刘欣还看到了电轨车的一节车厢从井口的火焰中飞出来，像一粒被吐出的果核。

刘欣重重地摔到地上，碎石在他身边纷纷掉下，每一块碎石上似乎都有血……刘欣又听到几声沉闷的巨响，那是井下炸药被引爆的声音。失去知觉前，他看到井口的火焰消失了，代之以滚滚的浓烟……

一年以后

刘欣仿佛行走在地狱中。整个天空都是黑色的烟云，太阳是一只勉强能看见的暗红色圆盘。由于尘粒摩擦产生的静电，烟云中不时出现幽幽的闪电。每当此时，地火之上的矿山就在青光中凸显出来，那图景一次次烙印在他的脑海里。烟尘是从矿山的一个个井口冒出的，每个井口都吐出一根烟柱，烟柱的底部映着地火狰狞的暗红光芒，向上渐渐变成黑色，如天地间一条条扭动的怪蛇。

公路是滚烫的，沥青路面熔化了，每走一步几乎都要扯下刘欣的鞋底。路上挤满了逃难的人流和车辆，闷热的空气中充满了硫黄味，还不时有雪花状的灰末从空中落下。每个人都戴着呼吸面罩，身上落满了白灰。道路拥挤不堪，全副武装的士兵在维持秩序，一架直升机穿行在烟云中，用高音喇叭劝告人们不要惊慌……疏散移民在冬天就开始了，本计划在一年时间内完成，但现在地火势头突然变猛，只得紧急加快进程。一切都乱了，法院对刘欣的庭审一再推迟，以至于今天早上他所在的候审间都没人看管了，于是他迷迷糊糊地走了出来。

公路以外的地面干燥开裂，裂纹又被厚厚的灰尘填满，脚踏上去扬起团团尘雾。一个小池塘，冒出滚滚蒸汽，黑色的水面上浮满了鱼和青蛙的尸体。现在是盛夏，可见不到一点绿色。地面上的草全部枯黄了，埋在灰尘中。树也都是死的，有些还冒出青烟，已变成木炭的枝丫像怪手一样伸向昏暗的天空。所有的建筑都已人去楼空，有些从窗子中冒出浓烟。刘欣看到了老鼠，它们被地火的热力从穴中赶出，数量惊人，大群大群地拥过路面……刘欣向矿山深处走去，地火的热力愈发强劲，从他的脚踝沿身体升腾上来。空气更加闷热污浊，即使戴上面罩也难以呼吸。地火的热量在地面上并不均匀，刘欣本能地避开灼热的地面，但能走的路越来越少了。地火热力突出的区域，建筑燃起了大火，火海中不时响起建筑物倒塌的巨响……刘欣已来到井区，走过一口竖井，那竖井已变成了地火的烟道，高大的井架被烧得通红，热流冲击井架，发出让人头皮发麻的尖啸，滚滚热浪逼得他不得不远远绕行。选煤楼被浓烟吞没了，后面的煤山已燃烧多日，成了一块发出红光和火苗的巨大火炭……

这里已看不到一个人。刘欣的脚烫起了泡，身上的汗几乎流干。他呼吸艰难，几乎濒临休克，但他的意识是清醒的。他用生命最后的能量向最后的目标走去。那个井口喷出的地火的红色光芒召唤着他。他到了。他笑了。

刘欣转身朝井口对面的生产楼走去。还好，虽然从顶层的窗口中冒出浓烟，但楼还没有着火。他走进开着的楼门，拐入一间宽大的班前更衣室。地火的红光透过窗户，染红了房间里的一切，包括那一排衣箱。刘欣沿着这排衣箱走去，仔细辨认上面的号码，他很快找到了要找的那个。这衣箱让他想起了儿时的一件事，那时父亲刚调到采煤队当队长。这是最野的一个队，出名地难带。那些野小子根本没把父亲放在眼里。本来嘛，看他在班前会上那可怜样儿，怯生生地要求把一个掉下的衣箱门钉上去，当然没人理他。小伙子们只顾在边上甩扑克骂脏话，父亲只好说，那你们给我找几颗钉子我自己钉吧。有人扔给他几颗钉子。父亲说再找把锤吧，这次真没人理他了。但接着，小伙子们突然鸦雀无声，他们目瞪口呆看着父亲用大拇指把那些钉子一颗颗摁进木头中去！事情有了改变，小伙子们很快站成一排，敬畏地听着父亲的班前讲话……现在，这箱子没锁。刘欣拉开后发现，里面的衣物居然还在！他又笑了，心里想象着20多年来用过父亲衣箱的那些矿工的模样。他把里面的衣服取出来，首先穿上厚厚的工作裤，再穿上同样厚的工作衣。这套衣服上沾满了厚厚的油泥，发出一股浓烈的、刘欣并不熟悉的汗味和油味。这味道使他真正镇静下来，进入一种类似幸福的状态中。接着他穿上胶靴，拿起安全帽，把放在衣箱最里面的矿灯拿出来，用袖子擦掉灯上的灰，把它卡到帽檐上。他又去找电池，没有找到，另开一个衣箱后找到了。他把那块笨重的矿灯电池用皮带系到腰间，突然想到电池还没充电，毕竟矿上完全停产一年了。但他记得灯房的位置，就在更衣室对面，他小时候不止一次在那儿看到灯房的女工们把冒着黄烟的硫酸喷到电池上充电。但现在不行了，灯房笼罩在硫酸的黄烟之中。他庄重地戴上有矿灯的安全帽，走到一面布满灰尘的镜子面前。在那红光闪动的镜子中，他看到了父亲。

"爸爸，我替您下井了。"刘欣笑着说，转身走出楼，向喷着地火的井口大步走去。

后来有一名直升机驾驶员回忆说，他当时低空飞过二号井，在那一带做最后的巡视，好像看到井口有一个人。那人在井内地火的红光中只是一个黑色的剪影，像是在向井下走去，但一转眼，那井口又只有火光，别的什么都看不见了。

120年后

（一个初中生的日记）

过去的人真笨，过去的人真难。

知道我这印象是怎么来的吗？今天我参观了煤炭博物馆，给我印象最深的是：

居然有固体的煤炭！

我们首先穿一身奇怪的衣服，那衣服有一顶头盔，头盔上有一盏灯，灯通过导线同挂在我们腰间的一个很重的长方形物体连着。我原以为那是一台电脑（也太大了些），谁想到那竟是这盏灯的电池！这么大的电池，能驱动一辆高速赛车的，却只用来点亮这盏小小的灯。我们还穿上了高高的雨靴。老师告诉我们，这是早期矿工的井下服装。有人问井下是什么意思，老师说你们很快就会知道的。

我们上了一列运行在小铁轨上的车，有点像早期的火车，但小得多，上方有一根电线为车供电。车开动起来，很快钻进一个黑黑的洞。里面真黑，只有上方不时掠过一盏昏暗的小灯。我们头上的灯发出的光也很弱，只能看清周围人的脸。风很大，在我们耳边呼啸，我们好像在向一个深渊坠下去。艾娜尖叫起来。讨厌，她就会这样叫。

"同学们，我们下井了！"老师说。

不知过了多长时间，车停了，我们由较宽大的隧道进入了它的一个分支。这里又窄又小，要不是戴着头盔，我的脑袋早就碰起好几个包了。我们头灯的光圈来回晃着，但什么都看不清楚，艾娜和几个女孩子又叫着说害怕。

过了一会儿，我们眼前的空间开阔了一些，这里有许多根柱子支撑着顶部。在对面，我又看到许多光点，也是我们头盔上的这种灯发出的。走近一看，发现那里有许多人在工作，他们有的用一种钻杆很长的钻机在洞壁上打孔。那钻机不知是用什么驱动的，声音让人头皮发麻。有的人在用铁锹把看不清楚的黑色东西铲到轨道车上和传送带上，不时有一阵尘埃扬起，把他们隐没其中，头灯在尘埃中划出一道道光柱……

"同学们，我们现在所在的地方叫采煤工作面，你们看到的是早期矿工工作的景象。"

有几个矿工向我们这边走来，我知道他们都是全息图像，没有让路。几个矿工的身体穿过我，我把他们看得一清二楚，顿时惊呆了。

"老师，那时的中国煤矿全部雇用黑人吗？"

"为了回答这个问题，我们将真实地体验一下当时采煤工作的空气，注意，只是体验，所以请大家从右衣袋中拿出呼吸面罩戴上。"

我们戴好面罩后，又听到老师的声音："大家注意，这是真实的，不是全息影像。"

一片黑尘飘过来，我们的头灯也射出了道道光柱。我惊奇地看着光柱中密密的尘粒在纷飞闪亮。这时艾娜又惊叫起来，像合唱的领唱，好几个女孩子也跟着她大叫起来，再后来，竟有男孩的声音加入！我扭头想笑他们，但看到他们的脸时自己也叫出声来——所有人都成了黑人，只有呼吸面罩盖住的一小部分是白的。这时我又听到一声尖叫，立刻汗毛直立，这是老师在叫：

"天啊，斯亚！你没戴面罩！"

斯亚真没戴面罩，他同那些全息矿工一样，成了最地道的黑人。"您在历史课上反复强调，学这门课的关键在于对过去时代的感觉。我想真正感觉一下。"他说着，黑脸上白牙一闪一闪的。

警报声不知从什么地方响起。不到一分钟，一辆水滴状的微型悬浮车无声地停到我们中间，这种现代的东西出现在这里真是煞风景。从车上下来两个医护人员，现在真正的煤尘已被完全吸收，只剩下全息影像"煤尘"还飘浮在周围，所以医生在穿过"煤尘"时雪白的服装一尘不染。他们拉住斯亚往车里走。

"孩子，"一个医生盯着他说，"你的肺受到很严重的损伤，至少要住院一个星期，我们会通知你家长的。"

"等等！"斯亚叫道，手里抖动着那个精致的全隔绝内循环面罩，"一百多年前的矿工也戴这东西吗？"

"不要废话，快去医院！你这孩子也太不像话了！"老师气急败坏地说。

"我和先辈是同样的人，为什么……"

斯亚没说完就被硬塞进车里。"这是博物馆第一次出这样的事故，你要对此事负责！"一个医生上车前指着老师严肃地说。悬浮车同来时一样无声地开走了。

我们继续参观，沮丧的老师说："井下的每一项工作都充满危险，且需消耗巨大的体力。随便举个例子，这些铁支柱，在这个工作面的开采工作完成后，都要回收。这项工作叫'放顶'。"

我们看到一名矿工用铁锤击打支架中部的一个铁销，把支架拆为两段取下，然后扛走了。我和一个男孩试着去搬躺在地上的一个支架，才知道它重得要命。"放顶是一项很危险的工作，因为在撤走支架的过程中，工作面顶板随时都会塌落……"

这时，我们头顶发出不祥的摩擦声。我抬起头来，在矿灯的光圈中，看到头顶刚拆走支架的那部分岩石正在张开一个口子。我还没来得及反应，它们就塌了下来。大块岩石的全息影像穿透我的身体落到地上，发出一声巨响，尘埃腾起遮住了一切。

"这个井下事故叫作'冒顶'。"老师的声音在旁边响起，"大家注意，伤人的岩石不只是来自上部……"

话音未落，我们旁边的一面岩壁竟垂直地向我们扑来，冲出相当的距离后才化为一堆岩石砸下来，好像有一个巨大的手掌从地层中把它推出来一样。岩石的全息影像把我们埋没了。一声巨响后，我们的头灯全灭了。在一片黑暗和女孩儿们的尖叫中，我又听到老师的声音。

"这个井下事故叫'瓦斯突出'。瓦斯是一种气体，它被封闭在岩层中，有巨大的气压。刚才我们看到的景象，就是工作面的岩壁抵挡不住这种压力，被它推出的情景。"

所有人的头灯又亮了，大家长出一口气。这时我听到了一个奇怪的声音，有时高亢，如万马奔腾；有时低沉，像巨人耳语。

"孩子们注意，洪水来了！"

正当我们迷惑之际，不远处的巷道口喷出了一股粗大汹涌的洪流，整个工作面很快被淹没在水中。我们看着浑浊的水升到膝盖上，然后又没过了腰部，水面反射着头灯的光芒，在顶部的岩石上映出一片模糊的亮纹。水面上漂浮着被煤粉染黑的枕木，还有矿工的安全帽和饭盒……当水到达我的下巴时，我本能地长吸一口气，然后就全部没在水中，只能看到自己头灯的光柱照出的一片混沌的昏黄，和下方不时升上的水泡。

"井下的洪水有多种来源，可能是地下水，也可能是矿井打通了地面的水源，无论是哪一种，它都比地面洪水对人生命的威胁大。"老师的声音在水下响着。

水的全息影像瞬间消失了，周围的一切又恢复了原样。这时我看到了一个奇怪的东西，像一个肚子鼓鼓的大铁蛤蟆，很大很重，我指给老师看。

"那是防爆开关，因为井下的瓦斯是可燃气体，使用防爆开关可避免一般开关产生的电火花。这关系到我们就要看到的可怕的井下危险……"

又一声巨响。但同前两次不一样，这次似乎是从我们体内发出的，冲破我们的耳膜来到外面。来自四方的强大冲击压缩着我的每一个细胞。在一股灼人的热浪中，我们被淹没于一片红色的光晕里。这光晕是周围的空气发出的，充满了井下的每一寸空间。不多时，红光迅速消失，一切都陷入无边的黑暗中……

"很少有人真正看到瓦斯爆炸，因为在井下遇到它的人很难生还。"老师的声音像幽灵般在黑暗中回荡。

"过去的人来这样可怕的地方，到底为了什么？"艾娜问。

"为了它。"老师举起一块黑石头。在我们头灯的光柱中，它的无数小平面闪闪发光。就这样，我第一次看到了固体的煤炭。

"孩子们，我们刚才看到的是 20 世纪中叶的煤矿。后来，出现了一些新的机械和技术，比如液压支架和切割煤层的大型机器等，这些设备在那个世纪的后 20 年进入矿井，使井下的工作条件有了一些改善，但煤矿仍是一个工作环境恶劣且充满危险的地方，直到……"

以后的事情就索然无味了。老师给我们讲气化煤的历史，说这项技术是在 80 年前全面投入应用的。那时，世界石油即将告罄，各大国为争夺仅有的油田陈兵中东，世界大战一触即发，是气化煤技术拯救了世界……这我们都知道，没意思。

我们接着参观现代煤矿，有什么稀奇的，不就是我们每天看到的从地下接出并通向远方的许多大管子吗？不过我倒是第一次进入了那座中控大楼，看到了燃烧场的全息图。真大！还看到了监测地下燃烧场的中微子传感器和引力波雷达，还有激光钻机……也没意思。

　　老师在回顾这座煤矿的历史时说，100多年前，这里被失控的地火烧毁过，那火烧了18年才被扑灭。那段时期，我们这座美丽的城市草木生烟，日月无光，人民流离失所。失火的原因有多种说法，有人说是一次地下武器实验造成的，也有人说与当时的绿色和平组织有关。

　　我们不必留恋所谓过去的好时光，那个时候生活充满艰难、危险和迷惘；我们也不必为今天的时代过分沮丧，因为今天，也总有一天会被人们称作是——过去的好时光。

　　过去的人真笨，过去的人真难。

王晋康 ————● 太空清道夫
　　　　　　　　道德献祭

增压室的气密门锁"咔嗒"一声响，女主人站在门口迎接："欢迎，从地球来的客人。"

门口的不速之客是一对年轻人，明显是一对情侣，穿着雪白的太空服，取下头盔和镀金面罩后露出两个娃娃脸，大约 25 岁。两人都很漂亮，浑身洋溢着青春气息。他们的小型太空摩托艇停靠在这艘巨大的 X－33L 空天飞机的进口，X－33L 则锚系在这个形状不规则的黑色的小行星上。

女主人再次邀请："请进，可爱的年轻人。"气密门在他们身后"咔嗒"一声锁上。小伙子站在门口，多少带点窘迫地说："徐阿姨，请原谅我们的冒昧来访。上次去水星观光旅行时，途中我偶然见到这颗小行星，看到你正在小行星上用激光枪雕刻着什么。蛮荒的小行星，暗淡的天幕，绚烂的激光束，岩石气化后的滚滚气浪，一个勇敢的孤身女子……我对此印象极深。我从一个退休的飞船船长索罗先生那儿知道了你的名字……索罗船长你认识吧？"

主人笑道："当然，我们是好朋友。"

"可惜当时时间仓促，他未能向我们详细介绍。回到地球后我仔细查阅了近几年的新闻报道，很奇怪，竟然没有你的任何消息。我，不，是我们两个，感到很好奇，所以决定把我们结婚旅行的目的地定在这儿。我们要亲眼看看你的太空雕刻。"

姑娘亲密地挽着女主人的胳臂，撒娇地说："士彬给我讲了这次奇遇，我当时就十分向往！我想您一定不会怪我们打搅的，是吧徐阿姨？"

女主人慈爱地拍拍她的手背："当然不会，请进。"

她领着两人来到内舱，端出两包软饮料。两位年轻的客人好奇地打量着主人。她大约40岁，服饰很简朴，白色宽松上衣，一袭素花长裙。但她的言谈举止有一种只可意会的高贵气质，发自内心的光辉照亮了她的脸庞。姑娘一直盯着她，低声赞叹着："天哪，你简直就像圣母一样光彩夺目！"

女主人难为情地笑道："你这个小鬼头，胡说些什么呀，你们才漂亮呢！"

几分钟以后，他们已经很熟了。客人自我介绍说，他们叫杜士彬和苏月，都是太空旅游学院的学生，刚刚毕业。主人则说她的名字叫徐放，待在这儿已经15年了。客人们发现，主人在船舱中飘飞着招呼客人时，动作优雅如仙人，但她在裙中的两条腿分明已经有一点萎缩了，这是多年太空生活的后遗症。

女主人笑着说："知道吗？如果不包括索罗、奥尔基等几个熟人的话，你们是第一批参观者。观看前首先请你们不要见笑，要知道，我完全是一个雕刻的门外汉，是在26岁那年心血来潮突然决定搞雕刻的。现在是否先去看看我的涂鸦之作？"

他们乘坐小型摩托艇绕着小行星飞行。这颗小行星不大，只相当于地球上一座小型的山峰。小行星上锚系的 X－33L 几乎盖住了它表面的四分之一。绕过 X－33L，两个年轻人立即发出一声低低的惊叹。太阳从小行星后方斜照过来。逆光中这群浅浮雕镶着一道金边，显得凹凸分明：一个身材瘦小的中年男子穿着肥大的工作裤，手执一把扫帚低头扫地，长发长须，目光专注。一位老妇提着饭盒立在他侧后，满怀深情地盯着他，她的脸庞上刻满岁月的沧桑。从他们的面容特征看，男子分明是中国人，妇人则高鼻深目，像是一个白人。两个年轻人在面罩后惊讶而好奇地看着，这组雕像的题材太普通了，似乎不该安放到太空中。雕刻的技法也略显稚拙，不过，即使以年轻人的眼光，也能看出雕刻者在其中贯注的深情。雕像平凡的外貌中透出宁静淡泊，透出宽厚博大，透出一种只可意会的高贵。女主人痴痴地看着这两座雕像，久久不语不动。良久，她才在送话器中轻声说："看，这就是我的丈夫。"

两个年轻人不解地看看那对年迈的夫妇，再看看美貌犹存的女主人。女主人显然看出他们的怀疑，轻轻叹息一声："不，那位女士不是我，那是我丈夫的前妻，她比丈夫早一年去世了。你们看，那才是我。"

她指着画面上，有一名豆蔻年华的姑娘半掩在一棵梧桐树后，偷偷地仰视着他们，目光中满怀崇敬和挚爱。这部分画面还未完成，一台激光雕刻机停放在附近。女主人说："我称他是我的丈夫，这在法律上没有问题。在我把他从地球轨道带到这儿以前，我已在地球上办好结婚手续。不过，也许我不配称他的妻子，他们两人一直是我仰视的偶像——而且，一直到去世，我丈夫也不承认他的第二次婚姻。"

这番话更加深了年轻人的怀疑。晚餐（按时间说应该是地球上的晚餐时间）中，他们狼吞虎咽地吃着食物循环机制造的精美食品。

苏月委婉地说："如果方便的话，能否请徐阿姨讲讲雕像上三个人的故事？我们猜想，这个故事一定很感人。"

晚餐之后，在行星的低重力下，女主人轻轻地浮坐在太空椅上，两个年轻人偎在她的膝下，听她娓娓地讲出下面这个故事。

女主人说，15年前，我和苏月一样青春靓丽，朝气蓬勃。那天，我到太空运输公司去报到，刚进门就听见我后来的太空船船长喊我："小丫头，你叫徐放吗？你的电话。"

是地球轨道管理局局长的电话，从休斯敦打来的。他亲切地说："我的孩子，今天是你第一天上班，向你祝贺。我知道，你们这些年轻人喜欢讲自立，我支持你离开家庭的荫蔽。不过，万一遇到什么难处，不要忘了邦克叔叔。"

我看见索罗船长目光阴沉地斜睨着我。看来，刚才索罗船长接电话时，邦克叔叔一定没有忘记报他的官衔。我也知道，邦克局长在百忙中不忘打来这个电话，是看在我父亲的面子上。我脑子一转，对着电话笑道："喂，你弄错了吧，我叫徐放，不叫苏芳。"

我放下电话，虽然知道邦克叔叔一定在电话那边大摇其头，但仍若无其事地对船长说："弄错了，那个邦克先生是找一个叫苏芳的人。"

不知道这点小花招是否能骗住船长，他虽然怀疑地看着我，没有再深究。转过头，我看见屋里还有一个人，是一名白人妇女，却穿着中国式的裙装，大约70岁了，满头银发，面容有些憔悴，她正谦恭地同船长说话，这会儿转过脸，微微笑着向我点头示意。

这就是我与太炎先生前妻的第一次会面。玛格丽特给我的印象很深。虽然韶华早逝，又不事妆扮，从衣着看是个地道的中国老妇，但她雍容沉静，有一种天然的贵胄之气。她用英语和船长交谈，声音悦耳，很有教养。她说："再次衷心地谢谢你，10 年来你一直这么慷慨地帮助我丈夫。我真不知道怎样才能表达我的感激之情。"

澳大利亚人索罗一挥手说："不必客气，这是我们应该作的。"

随后船长叫上我，到老玛格丽特的厢式货车上卸下一个小巧的集装箱，玛格丽特再次致谢后就走了，索罗客气地同她告别。但即使以我 25 岁的毫无城府的眼光，也看出船长心中的不快。果然，玛格丽特的小货车一消失，船长就满腹牢骚地咕哝几句。我奇怪地问："船长，你说什么？"

船长斜睨我一眼，脸色阴沉地说："如果你想上人生第一课的话，我告诉你，千万不要去做那种滥好人。她丈夫李太炎先生定居在太空轨道，10 年前，因为年轻人的所谓正义或冲动，我主动把一具十字架扛到肩上，答应在她丈夫有生之年免费为他运送食物。现在，每次太空运输我都要为此额外花上数万美元，这且不说，轨道管理局的那帮老爷们还一直斜着眼睨我，对这些'未经批准'的太空飞行耿耿于怀。我知道他们不敢公开制止这件事——让一个 70 岁的老人在太空饿死，未免太犯众怒。但说不定他们会把火撒到我身上，哪天吊销我的营运执照。"

那时，我以 25 岁的幼稚咯咯笑道："这还不容易？只要你不再想做好人，下次拒绝她不就得了！"

索罗摇摇头："不行，我无法开口。"

我不客气地抢白他："那就不要在她背后说怪话。既然是你自己允诺的事，就要面带微笑地干到底。"

索罗瞪我一眼，没有再说话。

三天后，我们的 X－33B 型空天飞机离开地球，去水星运送矿物。玛格丽特的小集装箱已经放到摩托艇上，摩托艇则藏在巨大的船腹里。船员只有三人，除了船长和我这个新手外，还有一个 32 岁的男船员，叫奥尔基，乌克兰人。七个小时后，船长说："到了，放出摩托艇吧！"

奥尔基起身要去船舱，索罗摇摇头说："不是你，让徐放小姐去。她一定会面带微笑地把货物送到那个可怜的老人面前——而且终生不渝。"

奥尔基惊奇地看看船长。船长嘴角挂着嘲弄，不过并非恶意，目光里满是揶揄。我知道这是对我冲撞他的小小报复，便气恼地离开座椅："我去！我会在李先生有生之年坚持做这件事——而且不会在背后发牢骚的！"

事后我常回想，也许是上帝的安排？我那时并不知道李太炎先生为何许人，甚至懒得打听他为什么定居在太空，但我却以这种赌气的方式作出一生的允诺。奥尔基笑着对我交待了应注意的事项、清道车此刻的方位等，还告诉我，把货物送到那辆太空清道车后先不要返回，等空天飞机从水星返回时，我们会提前通知你，再把你接回来。巨大的后舱门打开了，太空摩托艇顺着斜面滑下去，落进广袤的太空。我紧张地驾驶着，顾不上欣赏脚下美丽的地球。半个小时后，我的心情才平静下来。就在这时，我发现了那辆"太空清道车"。

这辆车的外观并不漂亮。它基本上是一个呆头呆脑的长方体，表面上除了一圈小舷窗外，全部蒙着一种褐色的蒙皮，这使它看起来像只癞蛤蟆那样丑陋。在它的左右侧张着两只极大的耳朵，也蒙着那种褐色的蒙皮。后来我才知道，这种蒙皮是超级特夫纶和陶瓷薄板的粘合物，它是为了保护清道车不受太空垃圾的破坏，也能尽量减缓它们的速度并最终俘获它们。

几乎在看到清道车的同时，送话器中有了声音，一个悦耳的男人声音在叽哩咕噜说着什么，我辩出"奥尔基"的名字，听到话语中有明显的卷舌音，恍然大悟，忙喊道："我不是奥尔基，我不会说俄语，请用汉语或英语说话！"

送话器中改成汉语："欢迎你，地球来的客人。你是一位姑娘？"

"对，我的名字叫徐放。"

"徐放小姐，减压舱的外门已经打开，请进来吧！"

我小心地泊好摩托艇，钻到减压舱里。外门缓缓合拢，随着气压升高，内门缓缓打开。在离开空天飞机前，我曾好奇地问奥尔基："那个独自一人终生待在太空轨道的老人是什么样子？他孤僻吗？性格古怪吗？"奥尔基笑着让我不要担心，说那是一个慈祥的老人，只是模样有点古怪，因为他40年没有理发剃须，他要尽量减少太空的遗留物。"一个可怜的老人。"奥尔基黯然说。

现在，这个老人已经站在减压舱口，他的须发几乎遮住了整个脸庞，只余下一双深陷的但十分明亮的眼睛。他十分羸瘦，枯干的皮肤紧裹着骨骼，让人无端想起那些辟食多日的印度瑜伽大师们。我一眼就看出他的双腿已经萎缩了，在他沿着舱室游飞时，两只细弱无力的仙鹤一样的腿一直拖在后面。但他的双手十分灵活，熟练地操纵着车内的小型吊车，吊下摩托艇上的小集装箱，把另一只集装箱吊上去。"这里面是我一年的生活垃圾和我捕捉的太空垃圾。"

他对我说。

我帮着他把新集装箱吊进机舱，打开小集装箱的铁门。玛格丽特为她的丈夫准备了丰富的食品，那天午餐我们尽情享用着这些食品——不是我们，是我。这是我第一次在太空的微重力下进食，对那些管状的、流质的、奇形怪状的太空食品感到十分新鲜。说来好笑，我这位淑女竟成了一个地道的饕餮之徒。老人一直微笑着劝我多吃，把各种精美的食品堆在我面前。肚满肠圆后，我才注意到老人吃得很少，简直太少了，他只是象征性地往嘴里挤了半管流质食物。我问："李先生，你为什么不吃饭？"他说已经吃好了，我使劲摇头说，你几乎没吃东西嘛，哪能就吃好了？

老人真诚地说："真的吃好了。这20多年来我一直是这样，已经习惯了。我想尽量减少运送食品的次数。"

他说的很平淡，在他的下意识中，一定认为这是一件人人皆知的事实。但这句平淡的话立刻使我热泪盈眶！心中塞满又酸又苦的东西，堵得我难以喘息。他一定早已知道妻子找人捎送食物的艰难，20年来，他一直是在死亡的边缘徘徊，用尽可能少的食物勉强维持生命的存在！

看着我大吃大嚼之后留下的一堆包装，我再也忍不住，眼泪刷刷地淌下来。李先生吃惊地问："怎么啦？孩子，你这是怎么啦？"我哽咽地说，"我一个人吃了你半月的食物。我太不懂事了！"

李先生爽朗地笑起来，我真不相信这个羸瘦的老人会笑得这么响亮："傻丫头，傻姑娘，看你说的傻话。你是难得一见的远方贵客，我能让你饿着肚子离开吗？"

吃第二餐时，我固执地拒绝吃任何食物："除非你和我吃同样多。"老人没办法，只好陪我一块吃，我这才破涕为笑。我像哄小孩一样劝慰他："不用担心，李先生，我回去之后就去想办法，给你按时送来足够的食物。告诉你一个秘密，是我从不示人的秘密，我有一个有钱有势的爸爸，而且对我的要求百依百从。我拒绝了他给我的财产，甚至拒绝了他的名声，想按照普通人那样独立地生活。但这回我要去麻烦他啦！"

老人很感动，也没有拒绝，他真诚地说："谢谢你，我和我妻子都谢谢你。但你千万不要送太多的东西，还像过去那样，一年送一次就够了，我真的已经习惯了。另外，"他迟疑地说，"如果这件事在进行中有困难，就不要勉强。"

我一挥手："这你就不用管了！"

此后的两天里，我时时都能感受到他生活的清苦，即使在他爽朗地大笑时，我也能品出苦涩的余味。这种苦味感染了我，使我从一个任性淘气的小女孩在一日之内成人了。我像久未归家的女儿那样照顾他，帮他准备饭食，帮他整理卫生。为了不刺伤他的自尊心，我尽可能委婉地问他，为什么他们会落到如此窘迫的地步。李先生告诉我，他的太空清道夫工作完全是私人性质的，这辆造价昂贵的太空清道车也是私人出资建造。"如果冷静地评价历史，我承认那时的决定太匆忙，太冲动，我和妻子没有很好地宣传，把这件事变成公共的事业，完全是个人奋斗。妻子从英国的父母那儿继承了一笔相当丰厚的遗产，但我上天后她已经一文不名——不过，我们都没有后悔。"

说这些话时，他的神态很平静，但两眼炯炯放光，一种圣洁的光辉漫溢于脸上。我的心隐隐作疼，赶紧低下头，不让他看见我的怜悯。第三天收到了母船发来的信号，我穿上太空服，在减压舱口与老人拥别："老人家，千万不要再这样自苦了，三个月后我就会为你送来新的食品，如果那时你没把旧食物吃完，我一定会生气的，我一定不再理你了！"

那时我没有意识到，我这些幼稚的话，就像一个七八岁的女孩在扮演小母亲。老人慈爱地笑了，再次与我拥别，并郑重交待我代他向索罗船长和奥尔基先生致谢："他们都是好人，为我惹了不少麻烦。我难以表达对他们的感激之情。"

太空摩托艇离开清道车，我回头张望，透过摩托艇桔黄色的尾光，我看见那辆造型丑陋的太空清道车孤零零地行进在轨道上，越来越小，很快隐于暗淡的天幕。往前看，X－33B 已经在天际闪亮。

奥尔基帮我脱下太空衣，来到指挥舱，索罗船长仍在嘴角挂着揶揄的微笑，他一定在嘲笑，徐小姐，你把那具十字架背到身上了吗？我微笑着一直没有开口。我觉得自己已经受到李先生的感化，有些东西必须包在沉默中才更有力量。

一个月后，我驱车来到李先生的家里，他家在北京近郊的一个山脚下，院子十分宽敞，低矮的篱笆参差不齐，是一个典型的中国式的农家院落。只有院中一些小角落里，偶然露出一些西方人的情趣，象凉台上悬挂的白色木条凉椅，院中的鸽楼，在地上静静啄食的鸽群……玛格丽特热情地接待我。在中国生活 40 年，她已经相当中国化了，如果不是银发中微露的金色发丝，和一双蓝色的眼睛，我会把她当成一个地道的中国老太太。看着她，我不禁感慨中国社会强大的同化力。

40 年的贫穷在她身上留下了明显的印记，她的身体很瘦弱，容貌也显得憔悴，但她的拥抱却十分有力。"谢谢你，真诚地感谢你。

我已经和太炎通过电话，他让我转达对你的谢意。"

我故意嘟着嘴说："谢什么？我一个人吃了他一个月的口粮。"

玛格丽特笑了："那么我再次谢谢你，为了你这样喜欢我准备的食品。"

我告诉玛格丽特，我已经联系好下一次的"顺车"，是三个月后往月球的一次例行运输，请她事先把要送的东西准备好。"如果你在经济上有困难的话，"我小心地说，希望不会刺伤她的自尊心，从她家中的陈设看，她的生活一定相当窘迫，"要送的物品我也可以提供一些帮助，你只用列一个清单就行了。"

玛格丽特笑着摆手："不，不，谢谢你的慷慨，不过确实用不着，你能为我们解决运输问题，我已经很感激了。"

那天，我在她家中吃了午饭，饭菜很丰盛，既有中国的煎炸烹炒，又有英国式的甜点。饭后，玛格丽特拿出十几本影集让我观看。在一本合影上，两人都带着博士方帽，玛格丽特正当青春年华，美貌逼人，李先生则多少有些拘谨和少年老成。玛格丽特说："我们是在北大读文学博士时认识的，他那时就相当内向，不善言谈。你知道吗？他的父亲是一个清道夫，就在北大附近的大街上清扫，家庭条件比较窘迫，恐怕这对他的性格不无影响。在同学的交往中，他会默默地记住别人对他的点滴恩惠，认真到迂腐的地步。你知道，这与我的性格并不相合。但不知道为什么，我不知不觉地开始和他的交往，直到成为恋人。他有一种清教徒般的道德光辉，可能是这一点逐渐感化了我。"

我好奇地问："究竟是什么契机，使你们选择了共同的生活和共同的终身事业？"

玛格丽特从文件薄中翻出两张发黄的报纸，她轻轻抚摸着，沉湎于往事。良久她才回答我的问话：

　　"说来很奇怪，我们选择了一个终生的事业，也从没有丝毫后悔，但我们却是在一时冲动下作出的决定，是很轻率的。你看这两张剪报。"

　　我接过两份剪报，一份是英文的，一份是中文的，标题都相同："太空垃圾威胁人类安全"。文中写道：

　　"最近几十年来，人们不仅把地球弄得肮脏不堪，而且在宇宙中也有3000吨垃圾在飞，到2010年，垃圾会增加到一万吨。仅直径10厘米的大碎块就会有7500吨，其中一些我们用望远镜就能看到。

　　"考虑到这些碎块在地球轨道上的速度，甚至直径仅为1厘米的小铁块都能给宇宙飞船带来真正的灾难。飘荡在地球上空的核动力装置具有特别的危险性。到下个世纪，轨道上将有上百个核装置，其中含有1吨多的放射性物质。这些放射性物质总有一天会掉到人们的头上，就像1978年苏联的'宇宙－954'掉在加拿大北部。

　　"科学家提出，用所谓的'宇宙扫雷舰'即携带激光炮的专门卫星来消灭宇宙中最具危险性的放射性残块。但这项研究也遭到强有力的反对，怀疑者认为，在环地球空间使用强力激光会导致这个空间发生不可逆的化学变化，引起空间变暖。

　　"我们已经在地球上进行了许多破坏性的工作，今天它已在对我们进行报复：肮脏的用水、不断扩大的沙漠、被污染的空气等等。太空何时开始它的报复？可以肯定的是，这种报复比起地球的报复要厉害得多。"

　　玛格丽特说：

　　"那天，太炎带着这张报纸到我的研究生宿舍，我从来没见过他这样激动。他喃喃地说，人类是宇宙的不肖子孙，人类发展到现在，已经成了急功近利的技术动物。我们污染了河流，破坏了草场，污染了南北极，现在又去糟蹋太空。我们应该站出来大声疾呼，不要再去戕害地球母亲和宇宙母亲。我说：人类已开始认识到这一点了，世界范围内的环境保护运动已经蓬蓬勃勃，即使在中国这样的发展中国家，也逐渐树立了环保意识。但太炎说的一番话使我有如遭锥刺，那是一种极为尖锐的痛觉。"

我奇怪地问："他说什么？"

"他说，这不够，远远不够。人类有了环保意识是一个进步，但坦率地说，这种意识仍是建立在功利主义基础上的——我们要保护环境，这样才能更多地向环境索取。不，我们对大自然必须有一份赤子之爱，有一种对上帝的敬畏才行。"

这番话使我很茫然，可能我在下意识地摇头，玛格丽特看看我，微笑着说："当时我也不理解这些话，甚至奇怪在宗教气息淡薄的中国，他怎么会有这种宗教般的虔诚？后来，我曾随他到他的家乡小住，亲眼看见两件事，才理解他这番话的含义。"

她在叙述中常沉湎于回忆，我那时已听得入迷，孩子气地央求："哪两件事？你快说嘛。"

玛格丽特娓娓说道："离他家不远，有一个年近 60，靠拾破烂为生的老妇人。十几年来，她一共拾了 12 名残疾弃儿，全带回家中养起来。新闻媒介报道之后，我和太炎特意去看过。那是怎样一种凄惨的情形呀。看惯北京的高楼大厦，我想不到还有如此赤贫的家庭。12 名弃儿大多在智力上有残疾，他们简直像一群肮脏的猪崽，在这个猪窝一样的家里滚来爬去。那时我确实想，如果放任这些痴傻的弃儿死去，也许对社会、对他们自己，都未尝不是件好事。太炎特意去问那个鲁钝的农村妇女，她为什么把这么多非亲非故的弃儿都领养起来。那位老妇在极度的赤贫和劳累中已经麻木了，低着头，表情死板，嗫嚅着说，她也很后悔的，这些年全靠邻居们你帮一把，他给两口，才强勉没让这些娃儿们饿死，日子真难哪。可是只要听见垃圾箱里有婴儿在哭，她还是忍不住要捡回来，也许是女人的天性吧！"玛格丽特叹息道，"我听过多少豪壮的话，睿智的话，但都比不上这句话对我的震撼。我们悄悄留了一笔款子走了，这位'有女人天性'的伟大女性始终留在我的记忆中。"

她停下来，很久很久不说话，我催促道："另一件事呢？"

"也是在他家附近。一个男人在50岁时突然决定上山植树，于是一个人搬到荒山上，一去就是20年。在他71岁时，新闻媒介才发现他，把他树为绿化的典型。我和太炎也去采访过他，问他，是什么力量支持他独居山中20年，没有一分钱的酬劳。那人皮肤粗糙，满手老茧，整个人就像一株树皮皱裂的老树，但目光中是知识分子的睿智。他淡淡地说：你可以说是一种迷信吧！老辈人说，这座山是神山，山上的一草一木、走兽飞虫都不敢动的，动了就要遭报应。祖祖辈辈都相信，都怀着敬畏，这儿也真的风调雨顺。大跃进时，我们破除了迷信，对这些传说嗤之以鼻，雄纠纠气昂昂地砍光满山的古树——后来也真的遭了报应。痛定之后我就想，人类真的已经如此强大，可以伤天害并且不怕报应吗？当然，所谓神山，所谓现世报，确实是一种浅薄的迷信。但当时谁能料到，这种迷信恰好暗合我们今天才认识到的环保理论？在我们嗤笑先人的迷信时，后人会不会嗤笑我们的幼稚狂妄、上帝会不会嗤笑我们的不自量力呢。我想，我们还是对大自然保留一份敬畏为好。当年砍树时我造了孽，那就让我用种树当作忏悔吧！"

玛格丽特说："我生长在一个天主教家庭，过去对没有宗教信仰的中国人多少有点偏见，有点异己感，但这两件事让我发现了中国社会中的'宗教'，那是延续了 5000 年、弥漫无形的人文思想和伦理观念。太炎在这两次采访后常陷入沉思，喃喃地说他要为地球母亲尽一分孝心。"她笑道，"说来很简单的，在那之后，我们就结婚了，也确立了一生的志愿：当太空清道夫，实实在在为地球母亲做一点事。我们想办法建造了那辆清道车，太炎乘坐那辆车飞上太空，从此再没有回来。"

她说的很平淡，但我却听得热泪盈眶。我说："我已经知道，正是你倾尽自己的遗产，为李太炎先生建造这辆太空清道车，此后你一贫如洗，不得不迁居到这个山村。在新闻热过后，国际社会把你们彻底遗忘了，你不得不独力承担太空车的后勤保障，还得应付世界政府轨道管理局明里暗里的刁难。玛格丽特，社会对你们太不公平！"

玛格丽特淡淡地说："轨道管理局本来要建造两艘太空扫雷艇，因为有了清道车的先例，国际绿色组织全力反对，说用激光清除垃圾会造成新的污染，扫雷艇计划因而一直未能实施。轨道管理局争辩说，单是为清道车送给养的摩托艇所造成的化学污染，累积起来已经超过激光炮所造成的污染了！也许他们说的不无道理。"她叹息道："可惜建造这辆车时没有考虑食物再生装置，这是我最大的遗憾。"

我在她的平淡下听出苦涩，便安慰道："不管他们，以后由我去和管理局的老爷们打交道——对了，我有一个主意，下次送给养时，我代替李先生值班，让他回到地球同你团聚三个月。对，就这样干！"

我为自己想到这样一个好主意眉飞色舞，玛格丽特略带惊异地看看我，苦涩地说："原来你还不知道……他已经不能回到地球了！我说过，这件事基本上是私人性质的，由于缺乏经验，他没有经过系统的训练，没有医生的指导，太空停留的时间太长，这些加起来，对他的身体造成了不可逆的伤害。你可能已经看到他的两腿萎缩了，实际更要命的是，他的心脏也萎缩了，已经不能适应有重力的生活了！"

我觉得一盆冰水劈头浇下来……只有这时我才知道，这对夫妇的一生是怎样的悲剧。他们就像中国神话中的牛郎织女，可以听到对方的声音，却终生不得相逢。我呆呆地看着她，泪水开了闸似地汹涌流淌。玛格丽特手足无措地说："孩子，不要这样！不要哭……我们过得很幸福，很满足，是真的！不信，你来看。"

她拉我来到后院。在一片茵茵绿草之中，有一座不算太高的假山，近前看，原来是一座垃圾山，堆放的全是从太空中回收的垃圾，各种各样的铝合金制品、钛合金制品、性质优异的塑料制品，堆放多年之后仍然闪亮如新。玛格丽特欣喜地说：

"看吧，全是 40 年来太炎从太空中捡回来的。我仔细统计过，截至今天有 13597 件，共计 1298 吨。要是这些东西还在太空横冲直撞，会造成多大损坏？所以，你真的不必为我们难过，我们两人以自己的微薄之力为地球母亲尽了一分心力，一生是很充实的，一点都不后悔！"

我慢慢安静下来，真的，在这座垃圾山前，我的心灵被彻底净化了，我也像玛格丽特一样，感到心灵的恬静。回到屋里，我劝玛格丽特："既然李先生不能回来，你愿意到太空中去看看他吗？我能为你安排的。这并不是太困难的事情。"

玛格丽特凄然一笑："很遗憾早几年没碰到你，现在恐怕不行了，我的身体已经太差，不能承受太空旅行，我想尽量多活几年以便照顾太炎。不过我仍然感谢你，你是一个心地善良的好姑娘。"她拉着我的手说："如果我走到他前边，你能不能替我照顾他呢？"

我从她的话语中听出了不祥，忍住泪说："你放心吧，我一定记着你的托付。"也许那时我已经在下意识中作出自己的人生抉择，我调皮地说："可是，我该怎么称呼你呢？我既不想称你李奶奶，也不想叫你阿姨。请你原谅，我能唤你一声麦琪姐姐吗？"

玛格丽特可能没有猜中我的小心眼，她慈爱地说："好的，我很喜欢能有这样一个小妹妹。"

四个月后，我再次来到李先生的太空清道车上。这次业务是我争取来的，索罗船长也清楚这一点。他不再说怪话，也多少有些难为情，张罗着把太空摩托艇安置好，脸红红地说："请代我向李先生致意，说心里话，我一直都很钦佩他。"

我这才向他转达上次李先生对他的致意。我笑道："船长，我知道你是一个好人，天下最好的好人，这是上次李先生告诉我的。"索罗难为情地挥挥手。

当我在广袤的太空背景下用肉眼看见那艘清道车时，心里甜丝丝的，有一种归家的感觉。李先生急不可耐地在减压舱门口迎接我："欢迎你，可爱的小丫头。"

在那之前我同他多次通话，已经非常熟稔了。我故意嘟着嘴说："不许喊我小丫头，玛格丽特姐姐已经认我作妹妹，你也要这样称呼我。"

李先生朗声大笑："好，好，有这样一个年轻漂亮的小妹妹，我会觉得年轻的！"

我刚脱下太空服，就听见响亮的警报声。李先生立即说："又一块太空垃圾！你先休息，我去捕捉它。"

　　在那一瞬间，他好像换了一个人，精神抖擞，目光发亮，动作敏捷。电脑屏幕上打出这块太空垃圾的参数：尺寸 230×54 毫米，估重 2.2公斤，速度 8.2 千米每秒，轨道偏斜 12 度。然后电脑自动调整方向，太空车开始加速。李先生全神贯注地盯着屏幕，回头简单解释说："我们的清道车使用太阳能作能源，交变磁场驱动，对环境是绝对无污染的。这在 40 年前是最先进的技术，即使到今天也不算落后。"他的语气中充满自豪。

　　我趴在他身后，紧紧地盯着屏幕。现在离这块卫星碎片只有两千米的距离了。李先生按动一个电钮，两只长长的机械手刷刷地伸出去，他把双手套在机内的传感手套上，于是两只机械手就精确地模拟他的动作。马上就要与碎片相遇了，李先生虚握两拳凝神而待，就像虚掌待敌的武学大师。

　　我在他的身后不敢喘气。虽然清道车已经尽量与碎片同步，但它掠过头顶时仍如一个流星，我几乎难以看清它。就在这一瞬间，李先生疾如闪电地一伸手，两只机械手一下子抓住那块碎片，然后慢慢缩回来。它们的动作如此敏捷，我的肉眼根本分辨不出机械手指的张合。

　　我看得目醉神迷。他的动作优雅娴熟，巨大的机械手臂已经成了他身体的外延，使用起来是如此得心应手。我眼前的李先生不再是双腿萎缩、干瘪瘦小的垂垂老人，而是一只颈毛怒张的敏捷雄狮，是一个有通天彻地之能的宇宙巨人。多日来，我对他是怜悯多于尊敬，但这时我的内心已被敬畏和崇拜所充溢。

机械手缩回机舱内，捧着一块用记忆合金制造的卫星天线残片。先生喜悦地接过来，说："这是我的第13603件战利品，算是我送给麦琪的生日礼物吧！"

他仍是那样瘦弱，枯槁衰老的面容藏在长发长须里。但我再也不会用过去的眼光看他了。我知道盲人常有特别敏锐的听觉和触觉，那是他们把自己被禁锢的生命力从这些孔口迸射出来。我仰视着这个双腿和心脏萎缩的老人，这个依靠些微食物维持生命的老人，他把自己的生命力点点滴滴地节约下来，储存起来，当他作出石破天惊的一抓时，他那被浓缩的生命力在一瞬间作了何等灿烂的迸射！

面对我的专注目光，李先生略带惊讶地问："你在想什么？"我这才从冥思中清醒过来，没来由地羞红了脸，忙把话题岔开。我问，今天是玛格丽特姐姐的生日么？老人点点头：

"严格说是明天。再过半个小时我们就要经过日期变更线，到那会儿我给她打一个电话祝贺生日。"他感叹地说，"这一生她为我吃了不少苦，我真的感激她。"

之后他就沉默了，我屏声静息，不敢打扰他对妻子的思念。等到过了日期变更线，他挂通家里的电话。电话铃一遍又一遍地响着，却一直没人接。老人十分担心，喃喃地重复着："现在是北京时间早上6点，按说这会儿她应该在家呀！"

我尽力劝慰，但心中也有抹不去的担心。直到我快离开清道车时才得到确实的消息：玛格丽特因病住院了。在离开太空清道车前，我尽力安慰老人："你不用担心，我一回地球马上就去看她。我要让爸爸为她请最好的医生，我会每天守在她身边——即使你回去，也不会有我照顾的好。你放心吧！"

"谢谢你了，心地善良的好姑娘。"

回到 X－33B，索罗船长一眼就看见我红红的眼睛，他关切地问："怎么啦？"我坐上自己的座椅，低声说："玛格丽特住院了，病一定很重。"索罗和奥尔基安慰几句，回过头驾驶。过了一会儿，船长忽然没头没脑地骂了一句："这些混蛋！"

我和奥尔基奇怪地看看他。他沉默很久才说："听说轨道管理局的老爷们要对太空清道车实行强制报废。理由是它服役期太长，万一在轨道上彻底损坏，又要造成一大堆太空垃圾。客观地说，他们的话不无道理，不过……"

他摇摇头，不再说话。

回到地球，我不折不扣地履行了对老人的承诺，但医生们终于未能留住玛格丽特的生命。

弥留的最后两天，她一定要回到自己的家。她婉言送走了所有的医护，仅留我一人陪伴。在死神降临前的回光返照中，她的目光十分明亮，面容上蒙着恬静圣洁的柔光。她用瘦骨嶙峋的手轻抚我的手背，两眼一直看着窗外的垃圾山，轻声说："这一生我没有什么遗憾，我和太炎尽自己的力量回报了地球母亲和宇宙母亲。只是……"

那时我已经作出了自己的人生抉择，我柔声说："麦琪姐姐，你放心走吧，我会代你照顾太炎先生，直到他百年。请你相信我的承诺。"

她紧紧握住我的手，挣扎着想坐起来。我急忙把她按下去，她喘息着，目光十分复杂，我想她一定是既欣慰，又不忍心把这副担子砸在我的肩上。我再一次坚决地说："你不用担心，我一旦下了决心就不会更改。"

她喃喃地说："难为你了啊！"

她紧握住我的手，安详地睡去，慢慢地，她的手指失去了握力。我悄悄抽出手，用白色的布单盖住她的脸。

第三天，她的遗体火化已毕，我立即登上去休斯敦的飞机，那儿是轨道管理局的所在地。

秘书小姐涂着淡色的唇膏，长长的指甲上涂着银色的蔻丹，她亲切地微笑着说：

"女士，你和局长阁下有预约吗？请你留下姓名和住址，我安排好时间会通知你的。"

我笑嘻嘻地说："麻烦你现在就给老邦克打一个电话，就说小丫头徐放想见他。也许他正好有闲暇呢！"

秘书抬眼看看我，拿起内线电话机低声说了几句。她很快放下话筒，笑容更亲切了："徐小姐请，局长在等你。"

邦克局长在门口迎候我，慈爱地吻吻我的额头："欢迎，我的小百灵，你怎么想起了老邦克？"

我笑着坐在他面前的转椅上："邦克叔叔，我今天可是来兴师问罪的。"

他坐到自己的转椅上，笑着把面前的文件推开，表示在认真听我的话："说吧，我在这儿恭候——是不是李太炎先生的事？"

我惊奇地看看他，直率地说："对。听说你们要强制报废他的太空清道车？"

邦克叔叔耐心地说："一点儿不错。李太炎先生是一个虔诚的环境保护主义者，是一个苦行僧式的人物，我们都很尊敬他。但他使用的方法未免太陈旧。我们早就计划建造 1－2 艘太空扫雷舰，效率至少是那辆清道车的 20 倍。只要有两艘扫雷舰，两年之内，环地球空间不会再有任何垃圾了。但是你知道，绿色组织以那辆清道车为由，搁浅了这个计划。这些只会吵吵嚷嚷的蠢不可及的外行！他们一直叫嚷扫雷舰的激光炮会造成新的污染，这种指责实际上并没有多少科学根据。再说，那辆清道车已经投入运行近 40 年，太陈旧了，一旦彻底损坏，又将变成近百吨的太空垃圾。还有李太炎先生本人呢！我们同样要为他负责，不能让他在这辆危险的清道车上待下去了。"

我抢过话头："这正是问题所在。在 40 年的太空生活之后，李先生的心脏已经衰退，已经不能适应有重力的生活！"

邦克叔叔大笑起来："不要说这些孩子话，太空医学发展到今天，难道还能对此束手无策？我们早已做了详尽的准备，如果医学无能为力，我们就为他建造一个模拟太空的无重力舱。放心吧，孩子！"

来此之前，我从索罗船长和其他人那儿听到过一些闲言碎语，窝着一肚子火来找老邦克干架。但听了他合情入理的解释，我又欣慰又害羞地笑了。邦克叔叔托我劝劝李先生，不要太固执己见，希望他快点回到地球，过一个温馨的晚年。"他能听你的劝告吗？"他笑着问。我自豪地说："绝无问题！他一定会听从我的劝告。"

下了飞机，我没有在北京停留，租了一辆车便直奔玉泉山，那里有爸爸的别墅。我想请爸爸帮我拿个主意，把李先生的晚年安排得更妥当一些。妈妈对我的回家可以说是惊喜交加，抱着我不住嘴地埋怨，说我心太狠，四个月都没有回家了："人家说嫁出去的闺女泼出去的水，你还没嫁呢，就不知道往家里流了！"爸爸穿着休闲装，叼着烟斗，站在旁边只是笑。等妈妈的母爱之雨下够一个阵次，

超脑 ——

他才拉着我坐到沙发上："来，让我看看宝贝女儿长大了没有。"

我亲亲热热地偎在爸爸怀里。我曾在书上读过一句刻薄话，说人的正直与财富成反比。也许这句愤世之语不无道理，但至少在我爸身上，这条定律是不成立的。我自小就钦服爸爸的正直仁爱，心里有什么话也从不瞒他。我咭咭呱呱地讲了我的休斯敦之行，讲了我对李太炎先生的敬慕。我问他，对李先生这样的病人，太空医学是否有绝对的把握？爸爸的回答在我心中留下阴影，他说他知道有关太空清道车报废的消息，恰巧昨天太空署的一位朋友来访，他还问到这件事，"那位朋友正是太空医学的专家，他说只能尽力而为，把握不是太大，因为李先生在太空的时间太长了，40 年啊，还从未有过先例。"

我的心开始下沉，勉强笑道："不要紧，医生无能为力的话，他们还准备为李先生特意造一间无重力室呢！"

爸爸看看我，平静地问："是否已经开始建造？太空清道车强制退役的工作下周就要实施了。"

我被一下子击懵了，目光痴呆地瞪着爸爸，又目光痴呆地离开他。回到自己的卧室，我立即给航天界的所有朋友拨电话，他们都证实了爸爸的话：那项计划下周就要实施，但没有听说建造无重力室的消息或计划。索罗说：

"不可能吧，一间无重力室造价不菲，管理局的老爷们会为一个垂暮老人花这笔钱？"

我总算从梦中醒过来了。邦克叔叔唯一放在心上的，是让这个惹人讨厌的老家伙从太空中撤下来，他们当然会为他请医生，为他治疗——假若医学无能为力，那不是他们的本意。他们也曾计划为受人爱戴的李先生建造一间无重力室，只可惜进度稍慢了一点儿。一个风烛残年的垂垂老人嘛，有一点意外，人们是可以理解的。

我揩干眼泪，在心底为自己的幼稚冷笑。在这一瞬间，我作出人生的最后抉择，或者说，在人生的天平上，我把最后一颗小小的砝码放到了这一边。我起身去找父亲，在书房门外，我听见他正在打电话，从听到的片言只语中，他显然是在同邦克通话，而邦克局长也承认了（至少是含糊地承认了）我刚刚明白的事实。爸爸正在劝说，但显然他的影响力这次未能奏效。我推门进去时，爸爸正好放下听筒，表情阴郁。我高高兴兴地说：

"爸爸，不必和老邦克磨牙了，我已经作出自己的决定。"

我唤来妈妈，在他们的震惊中平静地宣布，我要同太炎先生结婚，代玛格丽特照顾他直到百年。我要伴他到小行星带，找一个合适的小行星，在那儿生活。希望爸爸把他的私人空天飞机送给我，这是我唯一想得到的遗产。父母的反应是可想而知了，在整整三天的哭泣、怒骂和悲伤中，我一直平静地重复着自己的决定。最后，睿智的爸爸首先认识到不可更改的结局，他叹息着对妈妈说：

"不必再劝了，随女儿的心意吧！你要想开一点，什么是人生的幸福？我想不是金钱豪富，不是名誉地位，而是顺应自己的心愿，织出心灵的恬静。既然女儿主意已定，咱们何必干涉呢？"他语重心长地对我说："放儿，我们答应你，也请你许诺一件事。等太炎先生百年之后，等你生出回家的念头，你要立即告诉我们，不要赌气，不要爱面子，你能答应吗？"

"我答应。"我感动地扑入父母的怀抱，三人的热泪流淌在一起。

爸爸出面让轨道管理局推迟了那个计划的实施时间。三个月后，索罗驾驶着他的 X－33B，奥尔基和我驾驶着爸爸的 X－33L，一同来到李先生身边，告诉他，我们不得不执行轨道管理局的命令。李先生已经有了思想准备，只是悲伤地叹息着，看着我们拆掉清道车的外围部件，连同本体拖入 X－33B 的大货舱，他自己则随我来到另一艘飞船。然后，在我的飞船里，我微笑着说了我的安排，让他看了我在地球上办好的结婚证。李先生在极度震惊之后是勃然大怒：

"胡闹！你这个女孩实在胡闹！"

他在激怒中气喘吁吁，脸庞涨红。我忙扶住他，真情地说："太炎先生，让我留在你的身边吧，这是我对玛格丽特姐姐的承诺啊！"

在索罗和奥尔基的反复劝说下，在我的眼泪中，他总算答应我"暂时"留在他身边。但他却执意写了一封措辞坚决的信件，托索罗带回地球。信中宣布，这桩婚姻没有征得他的同意，又是在他缺席的情况下办理的手续，因而是无效的。索罗船长询问地看看我，我点点头："就照太炎先生的吩咐办吧，我并不在乎什么名分。"

我们的飞船率先点火启程，驶往小行星带。索罗和奥尔基穿着太空服漂飞在太空，向飞船用力挥手。透过面罩，我看见那两个刚强的汉子都泪流满面。

"我就这样来到了小行星带，陪伴太炎先生度过他最后的两年。"徐放娓娓地说，她的面容很平静，没有悲伤。她笑着说："我曾以为，小行星带一定熙熙攘攘的尽是飞速奔跑的小石头，不知道原来这样空旷寂寥。这是我们见到的第一颗小行星，至今我还不知道它的编号哩！我们把飞船锚系在上面，便开始我们的隐居生活。太炎先生晚年的心境很平静，很旷逸——但他从不承认我是他的妻子，而是一直把我当作他的爱女。他常轻轻捋着我的头发，讲述他一生的风风雨雨。也常望着地球的方向出神，回忆在太空清道车上的日日夜夜。他念念不忘的是，这一生他没能把环地球空间的垃圾清除干净，这是他唯一的遗憾。我精心照顾着他的饮食起居，这次我在 X－33L 上可没忘记装食物再生机，不过先生仍然吃得很少，他的身体也日渐衰弱。我总在想，他的灵魂一半留在地球轨道上，一半已随玛格丽特进了天国。这使我不免懊丧，也对他更加钦敬。这样直到两年后的一天，先生突然失踪。"

那对入迷的年轻人低声惊呼道："失踪？"

"对。那天，我刚为他庆祝了75岁生日。第二天应是玛格丽特去世两周年的忌日。一觉醒来，他已经不见了，电子记录簿上写着：我的路已经走完。永别了，天使般的姑娘，快回到你的父母身边去！我哭着奔向减压舱，发现外舱门大开着，他一定是从这儿回到了宇宙母亲的怀里。"

苏月止不住猛烈地啜泣着，徐放把她揽到怀里说："不要这样，悲伤哭泣不是他的希望。我知道，太炎先生这样做，是为了让我早日回到人类社会中去。但我至今没有回地球，我在那时突然萌生一个志愿：要把两个平凡人的伟大形象留在宇宙中。于是我就开始在这颗行星上雕刻，迄今已经15年了。"

在两个年轻人的恳请下，他们乘摩托艇再次观看了雕像。太炎先生仍在神情专注地扫地，在太空永恒的静谧中，似乎能听见这对布衣夫妇的低声絮语。徐放轻声笑道："告诉你们，这可不是我最初的构思。那时我总忘不了太炎先生用手抓流星的雄姿，很想把他雕成太空超人之类的英雄。但我最终雕成现在这个样子，我想这种平凡更符合太炎夫妇的人格。"

那对年轻夫妇很感动，怀着庄严的心情瞻仰着。回到飞船后，苏月委婉地说：

"徐阿姨，对这组雕像我只有一点小小的意见：你应从那株树后走出来，我发现你和玛格丽特奶奶长得太相像了！你们两人身上都有圣母般的高贵气质。"

很奇怪，听了这句话后，杜士彬突然之间也有了这种感觉，而且越来越强烈。实际上，她们一人是金发深目，一人是黑发圆脸，两人的面貌根本不相像。徐放摆摆手，开心地笑起来。她告诉二人，这幅画很快就要收笔了，那时她将告别两位老人，回到父母身边去："他们都老了，急切地盼着见我，我也一样，已经归心似箭了！"

苏月高兴地说："徐阿姨，你回去时一定要通知我，我们到太空站接你！"杜士彬也兴奋地说："我要赶到这儿来接你！"徐放笑着答应。

他们收到了大飞船发来的信号，两位年轻人与她告别，乘太空摩托艇返回。当他们回头遥望时，看见那颗小行星上闪亮着绚丽的激光。

韩松 —————• **老年时代**
恐怖天堂

一　托梦

　　小木梦到了父母。自他们十五年前去了养老院后，小木就再也没有梦到过他们了。一天天也不想了，电话也不打了。小木没有家，独身一人。他还记得父母，但差不多忘了他们长什么样了。昨夜他梦到父母血淋淋地站在面前。小木从床上爬起，走到窗边。窗帘积满灰尘。他想了好一阵，才把它拉开。城市展现在眼前。街上空无一人。摩天大楼遮天蔽日。这是东部沿海大城市，调节天气的纳米云，水母般飘浮在天上，围绕它们飞翔着各式彩图，利用气流，或云粒子，用激光，或直接把颜料喷洒到空中，绘制成美不胜收的画幅。城市唯一的人工智能看护专家是一位艺术爱好者。它画给自个儿欣赏。人工智能看护专家负责城市的生产和消费，并照料居民的吃喝拉撒睡。小木每天无所事事。看护专家便安排一些消遣给他，比如让他没日没夜玩电子游戏。他始终待在室内，足不出户。然而，独居十五年后，他忽然梦到了父母。这让他不舒服。父母的样子很可怜。他觉得，他们在思念他，在召唤他，在向他托梦。他们可能遇到了麻烦，说不定死了。他怔怔想了半天，最后决定去探望父母。

小木向看护专家提出的申请，很快就被批准了。看护专家还配备了一架自助航行器送他去。小木从未旅行过，也不知父母在哪里。但看护专家都安排好了。航行器升空，向西飞去。小木朝窗外看，才意识到这个国家很大很大。他看了一会儿舱内影视娱乐，又想了想父母。他应该是与父母一起生活过的最后一代人。在他小时候，父母就以老人的名义，被移民走了。城市中只剩下年轻人。小木还有个弟弟，但他也已很久未与他联系了。

飞了约两小时，下方出现了一望无际的、小木从未见过的大沙漠。渐渐地，沙漠中涌现了一座座海市蜃楼般的城市。它们比沿海的城市还要大，密密麻麻簇挤在一起。城市形若金字塔，却比金字塔更宏伟。小木一时觉得不像是在地球。

二 移民新城

航行器降落在一座金字塔边。一名少有表情、身穿深色西服套装的少女来迎接小木。她自称小米，是城市的公关主管。她已从看护专家那儿获知了小木来临的消息。"欢迎来到天堂二十八。"小米说。"天堂二十八？""就是这座城市的名字——我国一百零八个老龄城市之一。统称天堂。这是第二十八座。这儿居住的全是老人。全国老年人口总数已达十亿，所以在沙漠中建设了单独的城市让他们居住。"小米照本宣科地说。

随后，她带小木进入城区，首先来到展览馆，按照程序，先观看一部立体影片。小木看到，西部无垠的沙漠上，果然弥布着一群群的金字塔巨城。十亿老人都集中居住在这儿，人口密度达世界第一。小木心想，何时能见到父母呢？小米却不急，又带他参观市容。
与小木居住的沿海城市不同，这儿宽阔的马路上长满胡杨林，经过
基因改造而像银杏一样高大，森林中分布着蛇形、龟形和鹤形的商
厦、酒楼与戏院。成群结队的老人出现了，笑容满面，勾肩搭背，
川流不息，熙攘热烈。这仿佛是小木久远记忆中的一幕。他年幼时，
东部沿海的城市还不是如今这样冷冰冰的，街上还有人，还有老人。
他又看到，天堂二十八中，有许多模块化的机器人，装成逛街的样子，
实际上是在监测老人的行为，准备随时为他们提供服务。这是高度
自动化的城市，大概也是由一位人工智能看护专家照料的吧！

　　小米又引领小木来到一幢大楼。这是管理中心，储存着所有老
人的档案。女人调出了小木父母的资料。原来，早为他准备好了。
资料显示小木的父母还活着。他松了口气。他还以为他们死了，才
托梦来的呢！父母住在"葡萄与刀"功能区。功能区也叫主题公园。
天堂根据老人们的喜好，作了这样的划分。有的老人喜欢军事，有
的老人热爱大自然，有的老人沉湎学习外语，有的老人热衷扮演间
谍，等等，都做了特殊安排。住在"葡萄与刀"功能区的，据说是
些痴迷野生动物的老人。这样一来，按需设计，老人们的愿望便都
得到了满足。传统的养老院跟天堂没法比。小木急切想要见到父母，
却害怕见了不知道说些什么好。他毕竟已有十五年没有见到他们了。

三　父母

　　在"葡萄与刀"功能区或主题公园，建设有连排的鼠窟似的居
住屋，条件很好，十分的现代化。在这里，小木终于见到了父母。

两位老人像孩子一样安静地坐在炕头，一人怀里搂着一只灰扑扑的鸵鸟。他们埋头慢慢梳理鸵鸟的羽毛，脸上浮现出若有所思的神情。过了好半天，一人忽然抬头，仿佛认出了小木，却没有说什么。又过一阵，另一人也看了他一眼。小木这才确认，他们果然是他的父母。

又待了好一会儿，母亲对小木说："沙漠里有很多的鸵鸟，跟沿海不同。记得我们老家那儿只有海鸥。鸵鸟可是天堂的宠物。我和你爸认养了十只。分别代表你、你弟弟和你们的老婆孩子。"小木着急地想说，我还没有要孩子，我仍单身，对婚姻也不感兴趣。但他最终没有说，或许是怕刚来就惹父母不高兴吧！"你们还好吗？"他说。"很好，很好。""缺什么吗？""不缺，不缺。"父母侧目瞟了一眼小米，又低头看鸵鸟了。小木这才意识到自己是空手来的。他没有为老人捎礼物。这一代人连最基本的人情世故都不懂了。小木却也没有不好意思。他还惦记着来探望父母，算是不错了。小米对小木说："瞧见了吧，什么也不缺，吃的、穿的、住的、用的，都由天堂安排得妥妥当当的。孝子，你就放心吧！""孝子"这个词让小木一阵痉挛。父母见状，捂住嘴吃吃笑起来。

随后是午饭时间。老人才显得兴奋起来。天花板旋开一个洞，掉下一条金属传送带，运来了热气腾腾的手抓羊肉饭。但只有三份，是配给父母和小米的。父亲伸出手，大把抓来送进口中。母亲想了想，从自己那份里，分了一些给小木。"很少有孝子来到天堂，这方面设计得还不够周密。"小米像是抱歉地说，也从自己的碗中分了一些饭给小木。两位老人吃得满嘴冒油，那样子像是许久没有吃过饭了。他们又扔了一些喂鸵鸟。鸵鸟们贪婪的吃相颇似中生代的食肉类恐龙。

然后，老人要睡午觉了，双双搂抱着爬上炕。小木站在炕下看老人。他们抹了油的头发披散在床头。他感到陌生，心里有些哀伤。

好在有小米陪伴，又聊了一会儿天。鸵鸟就在边上走来走去，用好奇的眼神凝视访客。下午快五点钟时，老人醒来，看见小木和小米还候在炕边，就说请他们一起出去玩。大家便离开"葡萄与刀"，来到天堂外面的大沙漠。这里停满涂迷彩的沙漠车。小米帮老人和小木买了票，然后大家跃上车，驶入沙漠。

四　沙漠游嬉

父母和小木坐在一辆车上，小米自驾一辆，在一旁跟着。他们上沙山、入沙海、纵跃腾挪。两位老人乐得咯咯直笑，不停互相击掌。鸵鸟就跟着车子飞奔，双爪刨起滚滚烟尘。不久，小木发现，小米和她的车不见了。他也没在意。"沙漠虽然荒芜，却是天堂最好的游乐场。每天不来玩一次，就浑身不舒坦。"父亲说。"别累着呀。"小木担心地说。"瞧，身子骨硬朗得很呀，一点儿问题也没有。"头戴风镜的父亲舞动双拳，咚咚拍打胸脯，嘴里发出练功似的"嘿、嘿"音节。"他很像隆美尔呀！"母亲用气声笑道。

纵目看去，还有成千上万的沙漠车，蚂蚱一样，漫山遍野，嘟嘟嘟的，老人嘴里模仿打仗的声音，举着仿真枪，从车厢中探出身，彼此射击。有的车撞翻了，老人栽入沙中，立即有救护机器人从地下嗖嗖钻出，及时进行处理。老人经过简单包扎，又飞身跳上赶来接应的车辆。战争继续进行。"大家都活得蛮好的。你其实没有必要来看我们。"父亲完成了一轮激烈的射击，忽然掉头对小木说。"天堂，是一片自由的土地！"母亲叫道。小木不敢说，他梦到他们浑身鲜血的样子了。这时母亲抽出一根烟点燃，吸了起来。小木才记起母亲原是一名舞蹈演员，而父亲是一位大学物理教授。他觉得老人的嘴巴就跟针一样。这跟他记忆中的不太一样，毕竟十五年过去了。

他们一直玩到夕阳西下。沙漠才宁静下来，显得更加广阔而辽远，并从天到地染上了赤红色。相邻的多座金字塔城市在阳光的透射中显形了，耸肩伸腰突入晚霞深处，好似神话中的巨灵神。暮霭中，还有许多老人在玩跳伞。从千米高的跳伞塔上，一群接一群跳下来，灵巧的身形曳滑过太阳表面，跟黑子似的。高空中飘来他们呦呦的叫声。小木想，这一切果然是真的。但怎么觉得像是看电影呢？他发现，小米正站在跳伞塔最高处，举着望远镜默默眺望他们。

天黑了。父母邀小木共进晚餐。就在沙漠边，在胡杨林中，宰杀鸵鸟，肠肠肚肚弄了一地，现场烧烤。小木想，也许小米还在监视吧。不管她了。父母一边吃，一边喝酒，还唱起歌，是台湾歌手罗大佑的《光阴的故事》。他们请小木也唱，他只好尴尬地加入。这首歌他并不熟悉。他们三人唱了一遍又一遍，好像在模拟失散家庭的重聚。这时，整个野外一片光明，许多球状聚光灯在头顶上方飞来飞去，一场盛大的露天集体婚礼开始举行，八百八十对老人身穿结婚礼服，脸上挂着一模一样的笑容，迈着正步出现了。他们是来到沙漠城市后才互相认识，并迅速产生了恋情的。在主持人的安排下，老人们嘴对嘴吹红气球。气球一个个吹破了，鲜艳的橡胶粘在满是皱褶和口水的嘴上，像刚刚用完的劣质避孕套。最后老人们的身上也缠满气球皮，混合了浓稠的唾沫，在夜色中闪闪发亮，如浸在新出的鲜血中。这很像是小木梦到他父母的那一幕。

五　幸福生活

　　令小木不解的是，父母拒绝了他晚上与他们同宿的请求，似乎在最后一刻对于是否要把合家欢聚的气氛推向高潮有所保留。小米则为小木安排了下榻的宾馆。她开了一辆越野车接他回去。城里有一座清真寺风格的宾馆，是专为省亲者修建的。夜里，小木寂寞难眠。他走到窗边，望向城市。沉重的金字塔像一只红艳艳的大灯笼。老人们轻盈如飘行在灯芯中的各路神仙，神采奕奕，唱着歌儿，成群结队地漫游。有的人在喝酒，有的人在跳舞。中心广场上还有一些老人在发表演说，高谈阔论讲着时政、经济和军事话题。嘹亮的歌声在大街小巷回荡，有民歌、美声，有军歌、校歌，还有青春歌曲，甚至是沿海城市里刚流行不久的，也传到这里了。但主旋律最后一致回归了《光阴的故事》，汇聚成集体大合唱。这样一直闹腾到凌晨才稍安息。小木想，父母也参与其中了吧？他们真是享福啊。怪不得，不让儿子同住，怕打搅了他们的夜生活吧。但他又觉得哪儿不对。

　　小木对着客房墙壁唤了一声，立即有立体影像投射出来。小米显形了。她换了一套粉红色的迷你裙。没待小木提问，她便热情地向他介绍城市的来历。据小米讲，最初，是在各地设立养老院，但发现满足不了需求。为了应对人口老龄化的汹涌浪潮，根据新的国土规划，在西部沙漠中建设了第一座独立城市，即天堂一号，专门接待老人移民。这相当于试验区，在取得经验后，又兴建了更多的。这么做，经过了充分考虑，因为养老是一个极其复杂的系统工程。当老年人数量达到一个特定值后，社会便会发生质变。这时，老年人和年轻人的世界，将逐渐分化成两极，慢慢地就无法交叉了。老人也越来越不愿意和年轻人住在一起。因为老年人的一半，是融在死亡中的，他们眼中的世界是另外一幅景象。这样就会爆发冲突。"不过，设立老龄城市，最重要的还在于，我们几千年的文化中，有尊老的传统，任何时候都不能丢。"小米说，幸好有了广阔的西部沙漠，否则传统就无法延续。在老龄化时代，那些幅员有限的小国都崩溃了。世界上只剩下了几个大国。老人离开后，年轻人就可以放心大胆去干很多事情了。如果老人在，就不那么容易，就会有阻碍。小木想说，不，不是这样的。我们现在待在东部沿海的城市中，什么也不干，成天混日子，像行尸走肉。

小米没有在意小木的心情，接着说："至少，避免了不同代际间的战争。从大家庭的融融一堂，到彼此仇杀的争斗，这种过渡，一夜间就会到来。因为人是极不可靠的动物。亲代和子代之间的关系很不稳定，是一种急剧波动中的利益关系。家庭只是物质匮乏阶段的一种苟且组合，终将瓦解。没有谁能预测明天会怎样。老龄社会是人类进化史上一种崭新而暴烈的社会形态，这还是第一次，比当初奴隶社会过渡到封建社会、封建社会过渡到资本主义社会、资本主义社会过渡到社会主义社会，引发的震荡还要大。对于究竟将要发生什么，没有确凿可靠的研究。最好的做法就是隔离开来。这样老年人也可以受到更周全的照顾，从而幸福地安度晚年。"

小木问："我爸妈还能活多久？""在天堂，通过医学工程控制，包括利用微型机器人清洗身体，替换人工器官，进行基因修补，人类平均寿命可达五百岁，甚至更长。""他们果然能得到他们想要的一切吗？""哦，应有尽有。""呃，那个呢？""哪个啊？""就是那方面啊。""你说性吗？"小米哼了一声，"没见他们的身体倍儿棒吗？这方面没有任何问题。他们甚至比年轻人还要强。天堂里不玩虚拟游戏。""真是出乎意料。""是十全十美。你尽可以放心了。"小木想，父母操劳一生，至此才在天堂中过上了幸福生活。想到这也或许便是自己的未来，他不禁憧憬起来。

小米又问："哦，你一人来此，还有什么需求吗？"女人的声调变柔软了，意外地带有一种媚惑感。她裸露在迷你裙下面的两条白生生的大腿像在静静燃烧，她朦胧的眼神就跟小木熟悉的电子游戏中的女人一样。但这是在西部沙漠，他有些水土不服。他很累，疲倦得快睁不开眼了。"我没、没有需求。你走吧！"他生硬地说。"这么多年，你是第一个来这里的啊！"她像是依依不舍地与他告别，消失前的一瞬间表情又变冷酷了。

六　返璞归真

这夜，小木睡得很好。住在天堂，噩梦没有了。凌晨，他忽然惊醒，走出客房，随便逛逛。八十多层的酒店，竟然空空的。除了小木，没有别的客人。每个楼道中都在播放《光阴的故事》的背景音乐。为什么是这样呢？他忽然意识到，或许小米在这儿等他很多年了。她是这沙漠城市中唯一的年轻人。对此他想不明白，也不愿多想，就赶紧回到客房。

小木吓了一跳，他突然发现自己进入了五彩斑斓的世界。客房四壁挂满油画，是老人的作品，画风粗犷，颇似史前岩洞的壁画；下面有画家的签名，正是他的父母。看样子，他们是在天堂学会画画的。老人的艺术想象十分奇特，展示出超凡入圣的天分。画面上，有把自己的肠子撕拉出来吃掉的鲸鱼，有长满几十只眼睛的怪物，有微笑着坐在沙发上死去的孩子，还有围绕尸体转来转去的鸵鸟……

在小木的印象中，父母不是这样的。不知道他们什么时候有了这样的趣味。但既然到了天堂，人总会变化吧？不，也不是变化。他们好像一夜间返璞归真了，把隐藏的潜意识，重新挖掘出来，尽情释放，无拘挥洒；而来这儿之前，要在儿女面前装得一本正经。这是早先的社会形态对人性的束缚和扼杀。天堂果然是无比自由的啊！是了，以前的父母，仅仅是小木和他弟弟的基因传递体。而现在的父母才原形毕露，展现了他们的丰富性。他们曾经一直在他面前死绷着，他们一度过着多么憋屈而压抑的生活啊！他不禁嫉妒他们，并对自己的生存境况产生了怀疑。他盼望有一天也能来到天堂，跟父母一起，坐在炕上，学习他们一笔一画、细致入微地描绘那些变态的事物。

于是，小木离开宾馆。这回，他不知不觉走进了小巷。他看到了许多一动不动的人，孤零零地沉默坐着，好像是被抛弃的老人。还有巨大的垃圾山，是昨天不曾见的。有很多动物的尸体，包括鸵鸟；还有些别的，像是合成生物，也都死了，残肢断臂随处乱扔。他似乎走进了天堂不能示人的后院，这让他既惊且惑，赶紧逃离，重上主道。他又走在光鲜华丽、人山人海的老人中间，而他们对他的闯入视若无睹。他还记得去"葡萄与刀"功能区的路，回到了父母住处。他们对儿子事先没有约定的忽然造访，有些不悦。

父母正在玩一起杀人游戏。地上扔着一具尸体，是老人的仇人，当年的同事。有两把染血的刀。父母蘸着血在吃葡萄，小木大惊失色。父亲边吃边说："没事，在天堂可以随便杀人的，只要提出申请。"母亲说："这里的一切，都是为让老人高兴而设立的。是真正的童话世界。十分自由。"父亲说:"对于我们来说,其实也不需要提出申请,因为一切根据我俩的指令行事。"母亲说:"因为我们就是最高执政官。"什么?最高执政官?小木不敢相信自己的耳朵。父母摸摸母亲的脸,笑道:"城市是由我们两人统治的。这却不是童话。"他们又噗噗地吃掉了更多的带血的葡萄。

这时,小米追来了,她也不太高兴。"你是客人,没有我们的安排,不能随便出来的。"她说,"要看父母的话,得由我引领。"父母请小木赶快离开。"他们是最高执政官,不能想见就见。"小米叱责小木。真的是最高执政官?他想到他们在沙漠车里大呼小叫、举枪射击的样子。小米便带他去看了一个场面。中心广场上聚集着几万名老人,正在投票选举。原来,他们要选出城市领袖,也就是最高执政官。小米说:"在天堂,每个人都可以当领袖,都可以拥有最高权力。只要是天堂的合法居民,愿望都能得到满足。""这怎么可能?""让他们觉得满足就可以了。领袖什么的其实只是个名分。但老人要的不就是名分嘛?现在,天堂二十八里,一共有一百三十八万五千二百一十九名最高执政官,他们对自己的家庭行使着充分的管辖权,但我们通过电子神经装置在他们的大脑皮层上造成一种印象,好像他们管理着整个世界。由于没有年轻人的竞争,老人身体又健康,活的时间又长,所以就都想着要去做一些不朽的事业。人无非是这样。劳动和工作,在这儿成了人们的第一需求。"

小木想着父母刀下的那具尸体,问:"杀人又是怎么回事呢?也是劳动和工作吗?""这也是人性呀!我们会制造出一些克隆人来让他们杀掉消遣。在天堂,基因工程水平很高,克隆人是被设计得没有痛觉神经的。但有杀人需求的老人并不像你想象的那样多,也就十几万个吧!"小木闷闷不乐,仿佛这才更加深入地认识了父母。

他回到宾馆，见墙上又换了新画。是刚画出来的。不再是那些阴郁的了，而是大海、太阳、蓝天、鲜花、儿童之类。它们映照着房间，好像投射出了父母杀人之后心情的变化。

七　孤独

之后，经过小米的允许，每天小木可以与父母通话一次。他向他们提问："觉得这样活着有意思吗？""有意思啊，有意思。""什么是意思呢？我提出的问题，你们觉得没有意思吧？""多么自由啊，多么自由。""我要走了。"小木想说的是，你们舍得吗？老人异口同声说："没有关系，没有关系。""真的不想让我留下来陪你们吗？""不想，不想。"

小木越来越觉得，这里面有某种不对。但小米告诉他，在天堂，不对就是对。这世界本来就是一个逆常规的创新，它解决了人为什么活着的问题。

说到小米，她的形象每夜都会以三维投影呈现，陪小木聊天。她像是怕小木睡不好，甚至怕他出事。年轻人初来天堂，还不能适应。这样，直到有一天，她开始用自己的真身陪他睡觉。小木以前还从没有与现实中的女性发生过关系，他只在游戏世界里与女人厮混，因此这令他疯狂。而小米比他更来劲。她不停地大声嘶叫，像要把五脏六腑都喊出来，仿佛忍耐了多年。他不禁觉得，是他在陪她。看望父母的主题已经发生了变化。这才是他来到天堂的真正目的吗？整个是她设的一个圈套？

"爽吗？"他小心翼翼地咬住她娇小而瘦削的身体，觉得她烫得怕人。"你不明白。"她陶醉地闭着眼，像回到江湖中的鱼儿一样嘘嘘吐气，说出的话竟像他的父母。小木想，这是因为她压抑太久了吧？以前是老人感到压抑，现在换年轻人了。天堂的每个老人都拥有很大权力，都是统治者，都是执政官，都是伟大英明的领袖，这意味着，这女孩其实是生活在一座座的大山下。她一个人在为亿万人服务。他不禁怜悯起她来。这是一种从未体验过的新情愫。他眼眶湿润了。

这时，墙上的画幅在黑暗中显形了，吐露出艳阳一样的光芒，在这老人像蚂蚁一样汇聚的城市里，格外的明亮而炽烈。但到了极处，却又放射出阴沉颓败的气息。没有想到，与小米的交合竟带来了这样的刺骨之感。但不管怎样，男人和女人之间才好像打开了一扇通往幽暗燠热之境的久闭门户。这两个世上最孤独的人，来自东部沿海的小木和住在西部沙漠的小米，在精神和肉体上飞快地走近并聚合。他与她在一起，比跟父母在一起更为坦荡。

《光阴的故事》在耳畔回响："风花雪月的诗句里，我在年年地成长……"

八　大运河的水底

此后，小木变得更胆大，他又一次离开宾馆，就像逃亡一样。沙漠深处那空无人烟、阴森凄异的宾馆虚位以待，被红红火火的老人社会包围；兼之整个夜晚，在老人的歌唱中，又筋疲力尽与孤独疯狂的女人做爱——这一切使得男人快要分裂。他越来越想去看父母现场作画。他对艺术产生了空前的兴趣。

但还没出宾馆大堂，他便迎面撞上小米。她此番穿着迷彩制服，足蹬高筒马靴，雄赳赳地双手叉腰而立，阻住他的去路。他只得低头。她气冲斗牛，像个女勤务兵。他如坠梦中，不由得十分沮丧。末了只好跟她走。这回，他们去坐沙漠车，像要重演什么。他哑然失笑。周边都是老人，而只有他们两个年轻，极不协调。他们起动时，一群群早已候着的老人也发动了，亢奋地嗷嗷叫着直追上来。

"他们以为我们也是老人吗？"他不安地问女人。"是吧。""为什么？""老人最狡猾也最易受骗。"两人的车子越驶越快，向沙漠边缘开去，把老人的大军甩在后面。这帮家伙开始还试图追上他们，但很快累了，也像是忘记了，或者兴趣点转移了，就玩别的去了。"他们总是不能集中注意力。若能集中五分钟，就不是这样了。"她不高兴地说。"所以，你一个人，就能管理好他们所有人，是这样吗？"他直视她的眼睛，但什么也没有看出来。"是的。噢，但是，不，不……"她有些前言不搭后语，不再说什么，只把注意力集中在驾驶上。小木不禁神思恍惚。

不久，他看到前方浮现了亮晶晶的景观和蒸腾的雾气。原来，沙漠边上，分布着巨型水系。但不是尼罗河，而是人工复制的大运河。小米说，这是按某位老人的要求而设计的。还有一些状若十九世纪末期工业革命时代的烟囱和厂房，粗大有力的烟柱像金属棒一样戳进天空，与眼球一样的昏浊日头迎面碰撞，似乎发出轰隆声。运河边有一些晒太阳的老人，还有一些捕鱼的老人。另外就是高大的堤坝，下方似藏有发电厂。这一带的老人好像不是那么多，却更怡然自得，悠闲轻松。小木像是经历了一次穿越。"不知有汉，无论魏晋。"他念叨。像是不明白他在说什么，小米　了他一眼。

来到河边,小米"嗖"地跳下车,脱掉衣服,开始裸泳。她那像是千年不朽胡杨的身材吸引了男人。他也跳下去,两人追逐着潜水相嬉,不觉来到深处,身体被漩涡吞没。这是一处人工漩涡,拽住他们垂直下降,进入水底下的厂房。果然,这就是支撑整个城市运转的发电厂。这里开辟有广阔的空间,形成地下城,是真正的控制中枢,又好似小米本人的家园。操场般的地面上,排列着亿万只粉红色玩具,形成团体操一样的队形,都是一人多高的陶瓷凯蒂猫,但头型和眉目皆为老者模样。

小米说,这水底下方的厂房,便是天堂的镜像世界。她打开一只猫咪的天灵盖,于是露出了深深的腔子,从中冒出极寒的青白色气体。她又打开一只,再打开下一只……让小木逐一看视。原来是特制的棺材。每只里面,都装着一具干尸。小木的父母也在其中。女孩兴高采烈地逐一展示给男人看,就好似向亲爱的人披露闺房秘密。原来,所有的老人都闭上眼睛藏在这地下空间了。

"那么,这些天我见到的又是谁呢?"小木惊骇而呆滞地问。

九 节能模式

"哦,他们是这座城市的人工智能看护专家制造出来的假人呀!"她慈爱地摸摸他的脑袋,对他坦言。小木眼前出现了父母佛陀般安坐不动手抚鸵鸟,或者高声疾呼驭车奔驰的生动模样。他想,城是真的,人却是假的。他却从那么遥远的地方,飞过来看他们。沙漠中的一百零八座城市,这些叫做天堂的地方,原来是鬼城。他却因为一个梦,千里迢迢奔赴此间来晤亲人,还要看他们画画。他又想到，以前听人说过，亲人只有一次的缘分，无论这辈子相处多久，一定要珍惜共聚的时光，下辈子，无论爱与不爱，都不会再相见。但看来不用等到下辈子了。

"最初都是活人，但后来看护专家冻结了他们。"小米说得轻描淡写。她带领他在神色木然的猫咪阵列中穿行。猫儿们鼓着发紫的眼泡，冷冷地从四面八方盯着他们。她介绍道："在看护专家看来，生命只是一些生物电流的涌动。它并不认为他们已经死了，它觉得他们只是换了一种存在方式。在你这样的尊贵客人来访时，还可以临时启动机器，释放出用纳米技术制造的模拟人，重新铺陈出城市的繁荣昌盛。""演戏？""不，只是转入节能模式。"

小米说，老龄化城市的试验其实失败了。由于老人数量实在太多，而且他们贪得无厌，一度，这上百座沙漠城市成了国内最厉害的耗能大户，这样下去它们甚至会用光整个星球的资源。连人工智能看护专家也看不下去了。为了东部沿海城市的年轻人能够存续，就必须转入节能模式。按照效益优先原则，看护专家作出了冻结的决定。"在宇宙中，生命之争就是能量之争。"她说。"十亿人，都被冻结了，难道国家不知道吗？"他问。"这儿不早已自成为一个国家了吗？""那个我们平时所说的国家呢？""你觉得它还存在吗？""什么意思？""没什么意思。""为什么告诉我这些？""噢，我们已经在一起睡了觉嘛……"听了这话，小木下意识攥紧拳头。他才觉得这个女人陌生而危险。

小米说："实际上，在你内心深处，你父母早不存在了。所以又有什么关系呢？""不是这样的，我梦见他们了……""是的，是的，这却是你的特殊之处。但在你这一代，人类已不会做梦了。"小木于是怀疑起了自己。他的申请那么容易就通过了。而看护专家应该了解所有的实情。它应该阻止他来。是啊，为什么只有他一人前往天堂？"我是活着的吗？"他犹疑着小声问小米。"这很重要吗？"她的语气，像是责怪他都到了鬼魂云集的天堂，还如此天真。"不重要吗？……""哦，什么叫活着，什么叫死亡？天堂有天堂的概念。那仅仅是信息组合的不同方式罢了。换一个角度看，你完全可以认为，你父母仍然活着。它们正以新的方式活着。"说着，她把一个猫咪抱起来，使劲摇了摇。里面发出板结的肉体与金属外壳剧烈碰撞的眈眈声。

"这不是我要看到的……"小木说。"其实是你不想看到的，你在拒绝变化。你跟你的父母，一直在较劲。你不满他们提出的要求。噢，老人们移民沙漠城市后，提出了许多的非分要求，才导致能量的消耗以指数级增长。""什么非分要求？""千奇百怪的想法，你不是已经亲眼见到了吗？比如，他们提出，每个人都要当一回国王，还要随便处置他人的生命。他们还想做宇宙航行，去银河系的中心，要建立上帝之国那样的伊甸园……因为是老人，所以看护专家不能拒绝他们，只能尽量满足大家的愿望。但后来，它们觉得这太可怕。以旧的形态存在，人类就不仅是多余的，而且是危险的啊……""有时我也这么想。"小木感到自己的话音像是从——具尸体的腹腔中发出来的，他又注意到在小米口中，看护专家由"它"变成了"它们"。

十　画画

晚上，小木向认识的所有人发出邮件。这些人中包括他久未联系的弟弟。他不知他们是否还活着。他告诉了他们天堂里发生的事情。

他跟他们讲，国家正处于一场空前的危机中。西部沙漠中隐秘的巨型金字塔城市里匿藏着不为人知的秘密。这是一个阴谋。人类的自由已被剥夺。不仅自由，连生命都被扼杀了。"我们的父母已被干掉——为了'节能'，为了抑制'非分要求'。据说这样做是为了我们这些下一代，但这肯定是谎言。世界正在发生某种可怕的变故，但我不知道接下来还会发生什么。"

随后，小木向自己所来的城市提出申请，要求回去。他要回到那儿，去找离群索居的年轻人，要唤起他们。但负责照料东部沿海城市的人工智能看护专家对他说："你不能回去了。接到了你的孩子送达的申请。他们希望你提前入住天堂。""荒唐。我没有孩子。""这是假象。你有孩子，但你忘记了。他们早就被遣送到了大海另一端的远方，在那儿集中定居。现在，他们发来了申请。他们本想来看望你，但觉得或许会看到意料之外的事物，遂作罢了。"看护专家告诉小木，他那个关于父母的梦境，就是他的孩子们制造的，并委托看护专家送抵了他的脑海，成为他前往天堂的凭据或借口。

小木忽然记起，小时候上学时，电子老师讲过，大洋彼岸的世界叫做地狱。看护专家又说："其实，从你们这一代人开始，每个人一出生，就已进入老年。但你可能是我记忆中的最后一个年轻人。"小木怀疑看护专家又在制造新的假象和诱饵，便说："太残酷。""噢，是更仁慈。"看护专家说罢，便消失了，只在三维影幕中留下一个长相滑稽、表情痛苦的人形符号，看上去很像小木。

这个符号又迅速变形成了小米。这回她换上了一身孕妇装。她对小木说："留下来吧。天堂很久没有来过活人了，我们只是在怀念逝去的时光。你是唯一的，请选择功能区吧。会为你配备一个异性。""干什么用？""当老伴啊。""我可以挑吗？""不能。""为什么？""因为她便是我哟。"小米干巴巴地说，连一丝羞涩亦无。"这又为什么？""我太寂寞了。"她这才像是笑了一笑。小木再次想到，所有的这一切，都是她安排的吗？他猜，小米本人便是照料天堂的那个看护专家。接下来会有时间验证的。他的余生还长得很，要活到五百岁。不，要活到一千岁、两千岁……一万岁，会永远活下去，以各种各样的模式。另外，他早该想到了，在这个国家，比人类还寂寞的，便是人工智能看护专家啊。他想，我究竟是谁呢？他便妖里妖气唱起来："就在那多愁善感而初次回忆的青春……"

"往后，你最想做什么呢？"小米不耐烦地打断男人的演唱，做出关怀的样子问。"画画！"小木鼓起勇气回答。

江波 ————● 移魂有术

灵魂寄生者

如果一个人相信自己有前世，而且还有很多个前世，自己的生命一次次轮回，不断结束，却从未终结，并且以一种肯定的口吻告诉你这一切，你一定会认为他疯了，因为这和现代科学观念水火不容。宇宙里没有去处可以容纳从古到今的无数个灵魂，以及未来即将产生的更多灵魂。

然而眼前的这个人却让我不得不信，因为他关于前世的记忆让我拿到了五百万。一个人半时有点儿疯疯癫癫并不算奇怪，然而如果疯到和钱过不去的程度，那么此人就真的疯了。他把信息告诉我，而我真的拿到了钱！

这个事意义重大，足以颠覆我的世界观。我一直是一个非神秘论者，一个人有前世，这充满了神秘色彩，让我无法相信。然而，实实在在的五百万放在面前，还有什么世界观值得我坚持？哪怕让我相信自己前世是他的一条狗，因为对主人俯首帖耳恭敬有加而得到这笔飞来横财，也值了！

我克制住自己的兴奋，平静地把我拿到了五百万的消息告诉他，他异常激动："这是真的，这是真的！"他反反复复地说着这一句话。

我悄悄退出，把他一个人留在房间里。出了房门，我情不自禁地拿出那张小小的卡片，它代表五百万新欧元，可以让我拥有阿尔卑斯山脚下某个著名度假地的一套别墅，永久产权，而且不用缴纳物业税。我忍不住在上面亲吻了一下。作为一个著名医生，这种举动显然有失风度，然而医生也喜欢钱，更何况是天上掉下来的五百万。天知地知，他知我知……想到这里，我的心突然一沉，一切手续合法，但谁知道有没有第三个人知道这笔钱？虽然是赠予，但是如果被人捅出去，只会引起无数羡慕嫉妒恨，肯定不会有什么好结果。

　　"梁医生！"屋子里的那个人突然大叫起来，我慌忙把价值五百万的卡片塞进兜里，推开房门，以专业的步伐走了进去。

　　"什么时候能给我做催眠？"他问，语气急促，迫不及待。

　　我清了清嗓子，让语调显得平静而专业，"催眠有一定危险性，你昨天刚做了深度催眠，如果再做，可能会对大脑造成损伤，造成不可逆的后果。我们最好等两天。"

　　"不行！"床上的病人大叫，"我要马上就开始。你拿了钱就要办事。"

　　我一时语塞。我很想把病历本狠狠摔在他的脸上，扬长而去，然而这样只能一时痛快，没法堵住他的嘴。再说……一个阴险的念头不可抑制地在我脑中萌发出来，只有他死了，这五百万我才能踏实地拿着。

　　好！我把心一横。

　　一个人既然想死，那么就成全他。我摆出一副公事公办的面孔说："我必须再次提醒你，频繁进行深度催眠会导致神经衰竭，进而导致脑死亡，甚至有生命危险。催眠所使用的阿匹胺苯片剂，属于神经麻醉剂的一种，可能导致心律失常，甚至呼吸衰竭……"

"我知道！"这个人暴怒，"你只管做就是了。"

我走出病房，拿回一份告知书，还有一份催眠协议。我已决定让他去死，不过一切必须看起来符合规范，无懈可击。这对于一个决定昧着良心动手的医生来说，虽然有些麻烦，却并不是太难。

病人痛快地在上面签了字。我拿过来一看，倒吸了一口凉气。

王十二！这是他签下的名字。这是他认为自己应该是的那个人，而不是他自己的真实姓名。我感到被一个疯子戏耍了一道。

"李先生，你必须签自己的名字。"我告诉他，然后给他一份新的协议书。

"什么？"病人有些困惑，"我签的当然是我的名字。"

这种情况屡见不鲜，我早有准备："这是你的身份证。"我把身份证递过去。很多病人到最后都不知道自己是谁，也没有家属来认领。因此病人进入这所医院时必须抵押身份证，当然身份证也可能造假，所以医院都与国家个人信息管理中心核对过的，不可能有假。必须确认病人的身份属实，这是精神病院全体员工数十年的经验总结，或者说血泪教训。

"李川书。"他把身份证上的名字念了出来，然后愕然地看着我，"这是我的名字？"

我不动声色地点头。他的病情加重了，昨天，当他宣称自己是王十二时，至少还记得李川书这个名字。人格分裂的精神病患者就是这样。最初他们感觉自己曾经是某个人；然后，他们偶尔觉得自己就是某个人，但还对真正的身份有着清醒的认识；再后来，他们已经不知道自己到底是谁，不同的人格在他们身上打架，让他们的行为变得古怪，失去逻辑。到最严重时，不同的人格彻底地分隔开来，他们时而是这个人，时而是那个人，彼此间毫无关联，下一秒钟不记得上一秒钟的事。如果病情还有发展……病情不会再发展了，到了这个地步，死神已经在敲门了。李川书的病情发展很快，他的臆想人格占据了上风。

"李先生，你先休息一下，晚饭后我再来看你。"我看他不再歇斯底里，趁机把协议书和身份证拿了回来，把床头的阿匹苯胺片放回药袋。杀死一个人总是需要很大的勇气，我得承认，我是一个懦夫，不过短短的几分钟，方才的杀机就消失得干干净净。我慌忙掩上门，趁着病人仍旧平静，逃也似的走了。

医院在山上，远离市区。下晚班的时候，山道上通常没有车。因为习惯，也因为五百万，我把车开得飞快。

突然间，迎面射来强烈的灯光。该死，会车也不关远光灯！我来不及抱怨，猛踩刹车，强烈的惯性让我重重地撞在挡风玻璃上，车歪出山道，撞上了路边墩子。

对面的车缓缓开过来停下，有人下车过来看个究竟。

"你个混蛋怎么开车的！"虽然我一直认为自己很有涵养，但还是忍不住破口大骂。

来人却一声不吭，只是走到我的车边，掏出一支手电筒照着我。

"你干什么！"我感到愤怒，同时有些惶恐。来人高大威猛，黑黑的身影颇有些压迫感。我的声音不自觉地小下去，却仍旧保持着愤怒的语调，"开车要当心点儿，别拿远光灯晃人。把你的电筒拿开。"

他收起了手电，我依稀看到了一张标准的黑社会冷酷脸，不带一丝表情，没有一丝歉意，只是直直地盯着我，就像狮子盯着猎物。我突然感到害怕，只想逃走："快点儿走开，我要开车了。"我壮着胆子呵斥他，然而声音虚弱无力。

他扬起手，我闭上眼睛，然后听见玻璃破碎的声音。车门被拉开了，还没有搞清怎么回事，我就被拖曳出来。我不认识他，不知道他到底要干什么，只是本能地感到绝望，伸手紧紧地抓住车把手，大声叫喊救命。

猛然间，我后脑一疼，眼前一黑，昏了过去。

我醒来时，脑袋仍旧昏昏沉沉的。阳光刺痛了眼睛，我伸手遮挡。

"梁医生。"有人喊我，逆着阳光，我依稀看见一个黑色的身影。我回想起夜晚遭受的袭击，猛然一惊，站了起来，"你是谁，我在哪里？"

来人缓缓向前走来，在我面前不到一米处站定。他衣着光鲜，西服笔挺而得体，左手上两个硕大的红宝石戒指异常引人注目。

"我们在一个很安全的地方，放心，不会有事。"他缓缓地说，样子很沉稳，风度翩翩。这样的神态和语气让我安下心来，至少他不会抽出棍子来打人。

"我被打晕了，"我回想起那个模糊的黑影，心有余悸，"有人袭击我。"

"办事的人误会了我的意思，他应该把你请来。我已经狠狠地骂了他，希望梁医生不要介意。我会赔偿你的医药费和车子。"

他说得分外客气，我却心中一凛——眼前的人有钱有势，没准儿还是黑社会的大佬。我还能介意什么，能够全身而退就是万幸。

"我……"我嗫嚅着不知道如何应答，最后说，"找我有什么事吗？"我连他的姓名称呼也不敢问。

"很好，既然梁医生这么客气，我就开门见山——你有一个特殊的病人，"他说，"他叫李川书。"

一句话仿佛惊雷，我的心突突直跳。这一定是那五百万惹出来的事，足足五百万从某个账户里取出来，这一定惊动了某些人。

"不错！"我尽力掩饰心虚，"他有什么特殊？"我刚问出口，就意识到了自己失言，"哦，我不想知道太多。您想做什么？能帮的忙我就帮，只要不违法就行。"

对方露出一个微笑："梁医生太客气了。我只是想请梁医生帮一个小忙，绝对不违法。"他向前凑近一点，"我要一个详细的记录，包括这个病人的一言一行，他说的每一个字都要记录下来。当然，我会为此付出一点酬金，不多，一点小意思，但是梁先生你必须承诺记录完整，而且对这件事绝对保密。"

他既没有提到那五百万，也没有要求我去杀人越货，我慌忙点头："好，好。我一定帮忙，怎么联系你呢？"

他从口袋里掏出一部手机，递给我："你每天必须用笔记录，你们医院的那种记录册正合适，不要为了省事用电子簿。这里面有一个电话号码，每天下班前打这个电话，会有人告诉你在哪里交接记录。"

我接过手机。这是一部三屏虚拟投影手机，大米公司的旗舰机，好像叫 TubePhone，我只在网上见过，售价两万四，相当于我两个月的工资。我从来没敢奢望这样一部手机会握在我的手里，而他所要求的只是每天打一次电话。

　　我小心翼翼地把手机放进兜里："放心，我一定会把这件事办好。"

　　他点点头，突然说："我知道你拿了五百万。"我的心头咯噔一沉，害怕地看着他。

　　"这五百万是你的。"他微笑着，"我可以告诉你，这五百万是从我的账户上拿走的，但是，它是你的了。"

　　我感到额头上沁出一层冷汗。

　　"事情结束之后，你还可以拿到另外五百万。"他看了看我，脸上满是笑意，"一千万欧元的酬劳，这应该让你感到满意。"

　　我心头发怵，说出来的话也不自觉带上了颤音："这钱不是我去拿的，是李川书让我拿的。我没动这钱。"

　　"别怕，那就是你的钱。你该得的酬劳。这当然不是小钱，这笔钱可以让人非常体面地过一辈子，所以，你必须把事办好。我相信梁医生你一定有这个能力。"

　　我僵硬地点点头。他微笑着向我伸出手："我们的合作一定很愉快。"

　　连续一个星期，我生活在担忧和恐惧之中。让我监视李川书的人叫王天佑，那天谈话之后他让人送我出去，正是那个绑架我的大汉。一路上我连大气也不敢出，但是我的眼睛并没有闲着，沿途豪华庄园的派头展露无遗，我做梦都没有想到能在一个这样的庄园里出入。这庄园像极了欧洲中世纪的田园，有模有样，有滋有味，甚至还有一两个穿着欧洲传统服饰的人在小溪里泛舟，清理漂在水面上的落叶。虽然我见识浅薄，但也大致明白此间的主人试图把一种欧洲的氛围复制过来，尽量原汁原味。这样的手笔和气魄让我感觉自己仿佛只是一只小小的啮齿类动物，在荒原上迷失了方向，没有藏身之地，甚至忘记了奔跑，而庄园主人巨大的阴影覆盖了我——他是飞翔在天上的猎鹰。

一千万欧元！我从来没想过能拥有一笔如此巨大的财富。有了钱，可以周游世界，然后去做自己喜欢的事。我还不知道自己到底喜欢做什么事，但无论如何不会是端坐在一群精神病人中间，听他们讲述不知道属于哪个世界的故事，或者干脆没有故事，只有狼嚎一般粗犷的原始野性。

一千万！这个巨额数字平息了我的担忧和恐惧。我悉心照顾李川书，比照顾任何一个病人都要细致。我从来不打他，也严禁护士对他进行打骂。我和他聊天，记录他说的每一个字，然后按照电话中的要求，每天把装着记录的纸袋丢进各种不同的信箱。

李川书不是那种喜怒无常的精神病人，他只是人格分裂。进医院后的大部分时候，他是李川书，但有时，他也叫王十二。每当他自称王十二时，脾气就变得暴躁，动辄发火。也只有当他变成王十二的时候，他才会记得给过我五百万，要求我给他办事。因此，我深切地希望他一直是李川书。

不管是李川书还是王十二，他都是一个理智清醒的人，因此并不难以交流。他显然对于自己为什么待在一所精神病院里感到困惑，为此多次询问我，甚至威胁要踩死我。我只是一个小小的医生，根本不知道每一个病人背后的故事，然而被一个病人问倒是一件很丢脸的事，我只有很严肃地告诉他，医院有责任保密，他既然进了医院，自然有进来的原因，不准多问。

然而我却产生了一点好奇，这个李川书到底为什么被送到这里？

于是我找到院长。如果有人要送五百万给这所精神病院，那么合适的对象应该是院长而不是我，现在我看到院长，竟然有一丝偷了别人东西的愧疚。但愧疚归愧疚，钱的事我根本不会提，如今这年头，煮熟的鸭子都有可能飞了，何况我的一千万还没煮熟呢！

"宋院长，最近117号经常性臆想，他已经分不清现实和虚幻，很暴躁，把他转到重症监护室吧！"我这样和院长开场。对于一个精神病人，送到重症监护室基本上等于判他死刑。我在医院的八年里，看见许多人被架进去，出来的时候都面目全非，不是成了彻底的白痴，就是不省人事成了植物人。这些病人要进行强迫性治疗，用大电流烧灼神经，甚至进行部分大脑切除——这是对付重症精神病人的最后手段。理所当然，院长拒绝了这样的要求："他怎么能够上重症的条件？不行！"

"他自称王十二，还说自己很有钱。他家里真有钱吗？如果有钱，我们给他安排一个贵宾房，特殊照看。"

院长白了我一眼，"疯子说的话你也信……给他一个单人房已经很好了。你快回岗位上去，别老旷工。"

看起来院长并不知道关于五百万的事，他也并不关心这个病人。

"马上就去。我把他的卷宗拿回去研究一下，这个案例很值得研究。"我露出一副醉心专业的样子。

"好了，你去和老李说一声，暂时调用一下卷宗，就说我同意的。"院长有些不耐烦，只想快些打发我走。

我很知趣地退出了院长办公室，到病人档案处查阅卷宗。

他的卷宗简单得有些简陋。

"李川书。男，2055年7月8日生。家族无病史。根据病人家属的描述，该病人两年前离家，不知去向。2097年6月回家，逐渐有癔病症状，由偶尔发作发展为经常性发作。初步诊断为深度人格分裂。各种病理性检查均正常，体内未见激素异常，精神疾病诱因不详。发病时未有攻击性行为，社会危害度低。建议住院疗养保守治疗，适当控制病人行为。"

这样一个病历说明不了什么，关键在他失踪的那两年。也许就是在这两年里，他成了另一个人。我正打算合上卷宗，突然被备注栏里的一行小字吸引：病人家属要求对病人进行单人看护，并预支三年的看护费十五万元，同意器官捐献的声明已签字。

我暗暗吸了一口凉气。这行简单的句子里大有玄机！一个精神病人，只要身体健康，就是合格的器官捐献者。在精神病院这样的地方，因为各种原因死掉一个人是很常见的事，如果家属签订了一份这样的声明，病人就随时处于危险之中。一旦达官贵人们有需要，一个精神病人的小命又有谁在乎？

我翻到页首，把病人家属的姓名地址记了下来。

找到李川书的家时，我不由得大吃一惊。这是一间残破的瓦房，看起来简直是上个世纪的建筑，残破不堪，随时可能倒塌。这破败危房里只住着一个人，是个乞丐，浑身散发着酸臭味。我捂着鼻子问了他几句话，但他一问三不知。我丢下十块钱，然后逃出了屋子。转身看着这残破的房子，疑心自己是不是来错了地方。

转过身，我心中一凉——那个曾经打昏我的大汉就站在不远处，眼睛直直地看着我。他缓缓地走过来，我两腿发软，想跑都没有力气。

"老板有请。"他很简单地说。

我开车跟着他的车，一路上无数次想一甩方向盘夺路而逃，却始终没有勇气。大汉的车是一辆剽悍威风的军用车，马力极其强大，气势吓人，我的破车没可能跑掉。

王天佑仍旧在那个豪华的会客厅里接待我。

"你去了李川书的家？"他半躺在沙发上，懒洋洋地看着我。我从小就知道，如果你真把此类问话当作一个问题，那么就犯了幼稚病。他这么说是要我承认错误。

我恭敬地站在他面前，低头垂眼，仿佛一个做错了事的仆人："是。"

"好奇会害死猫。你知道吗？"

"知道。"

"猫有九条命，你有几条？"

"一条。"

他问得轻描淡写，我答得小心谨慎。他抬眼看着我："为什么要去那里？"

"我看到他的家属签订了器官捐献协议，一时好奇，就想去看看。这种协议，家属一般都不愿意签。"我老老实实地回答，不敢有半句虚言。

他从沙发上起身，抓住我的手："梁医生，我知道你是一个好人。你也要相信我是一个好人，没有恶意。李川书原本是一个流浪汉，他答应了我做器官捐献，但后来又后悔了。他的神志也有些异常。这件事我不想太多人知道，所以把他送到了精神病院，他的器官捐献是定向的，你可以去查记录。但是事情出了点差错，他趁着我不注意偷看了许多机密资料，被抓住之后，居然装疯，谎称叫王十二。"

王天佑认真地看着我："他从我的户头里偷钱，这是他偷偷窃取的机密之一。我不清楚他还知道多少，所以私下请你来监视他。我不想有更多的人掺和在里边。这件事你知，我知，不能让第三个人知道，否则我也不会出一千万来请你。"

他的手很潮，黏糊糊地让人感觉不舒服，但我也不敢把手抽出来，只是一个劲地点头："我明白，我明白。"

他放开我的手，缓步走到窗前："帮我好好照看李川书，如果他自称王十二，你就和他多谈谈。那些都是我的隐私，你要保密。"

"一定的，一定的。"我的话音刚落，落地钟突然响起，"当……当……当……当……"连续四声，每一下都让我心惊肉跳。

钟声刚过，一个女人的声音在背后响起："王总，您的药。"声音婉转动听，我很想转身去看，然而心里害怕，终究没有这个胆量。

王天佑似乎有些意外，看了看钟表："不是还有半个小时吗，怎么这么早？"

女人缓缓走进来，经过我身边："您今天早上提前吃了药。"一股清香闯入鼻孔，我偷偷抬眼。女子身材婀娜，穿着一袭紧身旗袍，露出白生生的胳膊和大腿，她正伺候王天佑吃药。也许有所感应，她扭头瞥了我一眼，正迎上我猥琐而胆怯的目光。我慌忙垂下眼，心脏突然间狂跳不止。

这个女人的出现成功扭转了我的思绪，让我暂时忘掉了凶险，浮想联翩。美女啊！都是属于有钱人的。等我有钱了，也要整一个，不，要整好几个！

当她又缓缓地走出去，我才回过神来，重新意识到自己正处在危险之中，马上屏神凝气，静静地等着王老板的训示。

他的脸上竟然现出了一丝犹豫。

"这样好了，"他说，"我让阿彪送你回医院。你留在医院里，全天候监护。我不想惊动你们的院长，或者任何其他人。你要明白，我不想让任何人知道我和一个精神病人有关。你所知道的一切必须烂在肚子里，明白吗？"

"明白，明白。"我慌忙说。

"另外，记住，好奇害死猫。按照我们的约定去做就好了，你知道得越少越好。"

他的话越是平淡，我的心里就越是忐忑。恐惧感压倒了对金钱的渴望，一种预感变得清晰起来：最后我可能不但拿不到钱，还会把小命搭进去。

阿彪押送我回医院的途中，我满脑子都在想如何才能逃离陷阱，当然，我也想了如何才能保住五百万——理所当然，我什么法子都没想出来。

我这一生真是白活了，除了和精神病打交道，啥本事都没有。

那就听话一点儿，少点好奇。

问题是，听话了就能活着吗？

真的能拿到一千万吗？

我继续一丝不苟地照顾李川书。我知道王老板监视着我，因此不敢再有任何好奇。他也不再要求我打电话，而是由阿彪来取走每天的记录。

过了两天，精神病院的人都把阿彪当成了病人家属，问我："这个家属怎么这么奇怪，每天都要记录？"

或者说："这个家属看样子不像好人啊！你要小心点，千万别被讹上了。"

我被这样的问题弄得不厌其烦，又无法说明，只觉得无比烦闷。在烦闷中，我再次走向病房，去照看这个给我的世界带来巨大改变的李川书。

他在床边坐着，似乎正在沉思，又有点儿像是痴呆。看他这个样子，我明白此刻他是李川书。如此事情就简单了。

"李川书！"我大声喊。

出乎意料，他只是抬头看着我，目光呆滞。我不由得愣住了，往常这样喊他，他会猛然抬头，仿佛从臆想中回过神来，然后用比我更大的嗓门喊一声"到"。

"李川书！"我再次大声喊。

他仍旧没有应声。

李川书就要死了！凭着丰富的诊断经验，我意识到眼前的病患正进入一个转折点。一个人格彻底战胜了另一个，他的李川书人格不再活跃，也许永远不会再出现。

我略带怜悯地看着他。虽然看惯了医院里的生生死死，但我的心也并没有完全僵硬，看到一个人死去，总会替他感到悲伤，尽管他的躯壳还在，还活着。

我准备退出去，过一会儿再来和王十二先生说话。李川书却突然从床上跳起，一把抓住我："我不要，我不要，我不要钱，求你放过我，把它抽出来，把它抽出来，求你了！"他的胳膊很有力，紧紧地箍着我。我用力挣扎，他却紧抱着不放。情急之下，我提起膝盖在他的小腹上用力一顶。精神病患者对身体的痛楚感觉迟钝，他丝毫没有放松，我再次猛击他的小腹，他猛然张口，喷出一口秽物。刺鼻的臭味让我一阵恶心，差点呕吐。我正打算呼救，他却软软地躺了下去，然而手指犹自抓着我的袖口。

我狼狈地站在病房里，脚下是瘫倒的病人，胸口一片污秽。我把袖口从他的手指间挣脱出来，一不小心，他尖利的指甲在我的手背上轻轻一划，居然留下一道血痕。我厌恶地用脚把他的身体踢到一边，找来护士收拾场面，然后拿了件干净的工作服去卫生间更换。为了清静，我特意走到四楼，这里的卫生间鲜有人来。

换好衣服，我正洗手，突然感觉有些异样。猛然抬头，镜子里，我的身后站着一个人，正直直地看着我！

我大吃一惊，猛然转身，看清了来人的面目：她身着男装，但分明是在王天佑的豪宅里见过的那个女人。我吃惊不小，正想喝问，她做出一个噤声的手势。我也就闭口不言，怔怔地看着她。

她快速走上来，在我身上摸索，动作比安检处的警官还要利索。很快，她从我的口袋里掏出了那个昂贵的 TubePhone 手机，非常快速地把它装进一个闪着银光的口袋里。

"好了，我们可以谈谈了。"她开口说话。

"就在这里？"我有点儿担心地望了望门口。

"今晚十点，你假装睡觉，把这手机放在床头，假装不小心用枕头盖住了它。然后出来见我，东阁轩林东包厢。"

"你要做什么？"

"救你的命。"她冷冷地说，"如果你想活命，就来。这个手机是个监控器。它不但能窃听，也能摄影。你要小心了！"她拿起银色的袋子，把手机放入我的口袋，然后再次做出一个噤声的动作，悄无声息地向着门边退去。

等我回过神来追出去，她已经下了楼梯。我没有继续追上去，只是从口袋里掏出手机端详。工艺精湛的三屏手机闪闪发亮，可以照出我的模样。

突然间我心头涌起一阵寒意。难道真如她所说，我已经快没命了？仔细想想前因后果，这种可能性很大。我一个无权无势的医生，除了精神病院的同事和精神病人，谁也不认识，如果真的有什么秘密，王天佑肯定轻易就能把我捏死。有什么比一个死人更能够保守秘密？我一直不愿意去这么想，巨额财富成功地蒙蔽了我的心智，而这个女人毫不留情地戳破了这层纸。

无论如何，晚上要赴约。

我隐隐回忆起她穿旗袍的模样，退一步说，一个美女晚上十点有约，这件事本身对我就充满了诱惑力。

下楼，经过李川书的病房，我从小小的格子窗望进去。病人正躺在床上，上了夹板。"夹板"是对手足固定装置的俗称。力气再大的人，只要上了夹板，就丝毫不能动弹了。病人似乎正在熟睡，口水不断从嘴角流下。

我突然对他有了一种全新的感觉，不是医生对病人的高高在上，也不是对精神错乱者惯有的鄙夷，更不是对一堆行尸走肉的厌恶，我突然感到自己的命运和他紧紧地绑在一起，而我的处境并不比他更好。有那么一瞬间，我竟然和这个被捆绑在床上兀自流着口水的精神病患者有了一种休戚与共的感觉，这真让我惊讶。

我快步走向医生休息室，躺在床上，迫切希望来一场深沉的午休。

东阁轩是一家很高档的酒店，我闻名已久，却从来没有机会进去。我在酒店外徘徊，担心酒店那光可鉴人的地面会不会反衬得我的衣衫过于寒碜，酒店服务生会不会在心底暗暗嘲笑。

十点过了一刻，实在无法再拖下去。我整了整衣服，鼓足勇气，向着那富丽堂皇的所在走去。

电梯直接进入包厢，服务员礼貌地微笑着告诉我已经到了，我有些慌不择路地走了出去。

这是一个很奢侈的包厢，金碧辉煌，让我感到浑身不自在。有人正等着我，不是一个，是两个：一个是已经认识的女人，另一个则是陌生的男人，还好，他看上去很斯文。

他们并没有说话，只是默默地看着我。女人起身走到我身边，脚步悄然无声，就像轻巧的猫。她很快把我上上下下搜了一遍，没发现异样才开口说话："你把手机处理好了？"

"照你说的，假装不小心盖在枕头底下。"

她示意我在桌边坐下。

偌大的桌子上摆满美味佳肴，然而谁都没有动筷子。气氛冰冷，与热气腾腾的饭菜形成鲜明对比。一男一女都盯着我，我却不知道该把目光投向谁，只好不断地转移视线，看看她，再看看他。我用一种精神病医生才具备的坚忍毅力坚持下来，显得面不改色，泰然自若。虽然这一次谈话可能会决定我的命运，但对他们又何尝不重要？不然他们也不用冒着巨大的风险来找我。

我等他们亮出底牌。

终于，美女再次开口说话："梁医生，这位是万礼运博士。你们是同行。"

"失敬，失敬！"我向万博士说。他微微点头还礼，却仍旧没有说一句话。

"我是王天佑的办公室助理，因此了解这件事的前因后果。"美女继续说，"他通过你监视李川书，这件事也是经过深思熟虑的。你是这家精神病院里最蹩脚的医生，分派给你的病人不会引起任何注意，而且你很贪财。只要是贪财的人，王天佑就能对付。"

我一时不知道说什么。我是一个贪婪的平庸之辈，这就是王天佑决定利用我的原因？也许他们能找到一个好些的理由，至少当着我的面，可以说一说我为人随和之类。

我清了清嗓子："你这么说是什么意思？"我企图质问她，然而语气软弱无力，听上去就心虚。

"你孤身一人，没有亲属，甚至连女朋友都没一个。生活简单，除了上班几乎足不出户，网络游戏是打发时间的唯一方式。他会想办法把你干掉。"美女毫不留情，继续说，"你这样的人被干掉后，尸体恐怕要臭得大街上都能闻到才会被人发现，所以选择你再合适不过了。王天佑早就看好了这一点。"

一个美貌女人的嘴里说出来的话却如此毒辣，我嘴角抽搐，企图反唇相讥，却说不出什么来。

美女看出我的窘态，微微一笑："别怕，我们会帮你对付王天佑。"

"你们为什么要帮我？"我几乎本能地问。

美女脸上的笑意更甚："我们当然有自己的目的。但你只需要关心自己的命，是不是？"

我把心一横："横竖是个死，你们要是不把话说明白，我不会和你们合作。而且，我要向王天佑报告这件事。"

对面的两个人相互看了看，姓万的医生开了口："梁医生，既然我们露面找你，就没有打算隐瞒什么。人为财死，鸟为食亡，一千万是很大一笔钱，但和我们想做的事比起来，只是一个零头。"他顿了顿，看了看我的反应，我眼也不眨地看着他，等着他讲下去。

"王家是超级富豪。然而，老王的死因很可疑。法医鉴定他死于心力衰竭，但我有不同的看法。我是老王的家庭医生，他的身体器官虽然有些老化，但并没有那么糟糕。根据他的死状，我猜想可能是被枕头之类的东西闷死的。当然，这样的猜想需要验尸报告证实才行，但没有这种可能了——他的遗体已经被火化。

"然而王天佑没有想到，他无法继承老王的遗产。老王的资产被冻结，根本无法解冻，也无法继承。除了庄园，他拿不到任何东西。"

万医生停顿下来，看着我："王家的财产至少有六十五个亿。"

六十五个亿，这是一个天文数字，我不知道究竟是多少钱，但绝对多得吓死人，就算换成一千块一张的纸币，也能压死十条大汉。我惊愕地看着万医生："你们想要这笔钱？这怎么可能拿得到？"

"所以我们需要你加入。"

我感到自己的心在颤抖："你们到底打算怎么办？"

万医生看着我："这件事风险很大，你要想清楚。"

"你本来就已经很危险，与我们合作反而会安全一些。"美女赶紧补充。

"我和你们合作，王天佑那种人是不会放过我的。我该怎么办？"

"我来告诉你事情的经过……"万医生不紧不慢，娓娓道来。

我认真地听着，事情逐渐清晰起来。然而，一切都是那么匪夷所思，大大超出了我所能想象的范围。

李川书的身上，居然隐藏着如此巨大的秘密。身为每天端坐在他面前的人，我居然毫无察觉。冷汗从额头上不断沁出，身不由己，我卷入到一场谋杀中。

李川书坐在我面前。现在，他的名字叫作王十二。

李川书人格已经很多天没有出现，而王十二一直在我面前。我给他进行了深度催眠，往常催眠所需唤醒的人格总是王十二，这一次，我的目标恰恰相反，希望李川书能够出现。

他的确出现了。我从他的眼神中读出了这一点。

"你叫什么名字？"我不失时机地问他。

"李川书。"

"王老板怎么死的？你看见他死了吗？"我根据万博士的建议单刀直入。

"我看到了。"他说，"是他的儿子，他在骂他儿子。"

"他骂些什么？"

"我不知道，我听不清。"

"后来发生了什么？"

"王老板站起身，他的儿子很害怕。他走一步，他儿子退后一步，说话的声音都在发抖。王老板大声骂了一句……"

"'我就是去死，也不会留给你一个子儿！'"李川书突然尖着喉咙叫了起来，他在模仿王十二的骂声。

"然后呢？"

"他儿子跪下……"

李川书的声音越来越小，他的人格正在昏睡过去。

我赶紧提示他："王老板后来死了，你看到了，他怎么死的？"

"他突然捂着胸口倒在地上。"

"死了？"

"应该死了，他再也没有起来过。"

"他儿子呢？"

"他爬过去看，很快站起来，从附近拿来一个抱枕，蒙住了王老板的头。"

这无疑证实了万博士的推测，也许王老板因为某种原因昏厥，而王天佑则干脆谋杀了自己的父亲。

"后来呢？"

"王老板儿子放开枕头，开始打电话。"

"王老板死了吗？"

"他肯定死了，一动不动，他儿子还用脚踢他。"

"还看到了什么？"

"后来来了两个白衣服的人，他们和王老板的儿子争论。再后来万医生来了。"说到这里，李川书的脸上突然显示出恐慌的神情，"求求你，把它拿出来，我不要，我不要！"他尖叫着，身躯剧烈扭动。看来万礼运这个人对他来说是一个可怕的梦魇，哪怕在深沉的催眠中，他的潜意识也能感受到莫大的恐惧。

催眠无法进行下去，我给他注射了昏睡针。他很快沉睡，我则忐忑不安地站立一旁。

王天佑身边的美女叫卢兴鹭。我不知道为什么她和万礼云会有如此大的胆量，企图吞没亿万财产，他们的关系一定不简单。虽然我是一个单身汉，他们也努力装出为了金钱而合伙作案的样子，然而他们之间的眼神交流还是泄露了许多信息。人不为己，天诛地灭。无论如何，他们看上去比王天佑要可靠安全一些。我同意加入他们的计划。

根据计划，卢兴鹭每天下午两点会把 TubePhone 手机的信号导向另一个信号源，在王天佑那边，他只会听到一些经过伪装的对话，而我有半个小时的时间可以和李川书深入交谈。王天佑并不想放过李川书，然而，在结束李川书的生命之前，他需要得到那些账户的秘密。整个世界，这个秘密只着落在我眼前这个病人身上。

王天佑的父亲王于德，他的曾用名就叫王十二。

一个亿万富翁，享尽人间的荣华富贵，自然对那些东西眷念不舍。他惧怕衰老和死亡，于是动用巨额财富寻找长生的秘方，希望能活得长久一些，最好能够永远活下去。这个举动最终却让他加速死亡，这真是绝妙的讽刺。

当然，他的计划仍旧在进行，只不过有些偏离预定轨道。

李川书的躯体已经卖给了王十二。根据合同，王十二可以从他身上得到任何器官，代价是王十二给他两年予取予求的生活。

然而，如果让李川书知道后来发生的一切，而有一个机会重新选择，他肯定不会选择签约，或者说，如果我是李川书，肯定不会同意。

这不是从尸体上摘取器官的故事。万博士没有损伤他身体的一分一毫，只是给他注射了一些针剂。根据万博士的描述，这是他十五年来的心血，他可以使用药物更改人的 DNA 序列，更改后的 DNA 序列可以指导脑细胞彼此间的连接重建。当脑细胞按照一定的规则重现时，某些信息也就被灌输到这个人的脑中了。理论上讲，这样能够把一个人的记忆完全灌输到另一个人的大脑里，包括那些自我认同的潜意识。

王十二买下李川书的躯体，并不打算用作器官移植，他要的是一个完好的年轻躯体，然后把自己的记忆复制到这个躯体中，从而获得新生。这是一个现代版本的"借尸还魂"。

万博士首先在王十二的身体里注入一种 RNA 物质，它会根据头脑的状况生成相应的 DNA 编码。然后，他把带有记忆编码的细胞从王十二身上分离，经过免疫伪装后植入李川书的免疫系统，这种细胞中的 DNA 会制造释放信使 RNA，进入到神经细胞中对 DNA 重编。最后，李川书全身的免疫细胞和神经细胞都会带上记忆编码，神经网络会逐渐改变，王十二的记忆会慢慢重现，王十二也就在李川书身上复活过来。在此期间，李川书就像生活在梦魇中，记忆逐渐丧失，意识混沌不清，经历着无法言说的痛苦。当最后的时刻到来，李川书在自己的躯体里被压制，他会完全成为另一个人。我一直以为这是精神分裂的病症，却从未想到这居然是因为记忆的重现。李川书并非精神分裂，而是有人在他身上复活！

这是一个胆大包天的计划！据说万博士曾经在动物身上试验过并获得成功，但从来没有做过人体试验，谁也不知道成功概率有多少，而且这样的试验完全违法，王十二买下李川书的身体，属于在法律的灰暗地带游走。

能够下决心用这种方法重获青春，这样的人非同凡响，不过这人有个同样非同凡响的儿子，看到接班变得遥遥无期，于是决定干脆杀了他。

然而，万博士的重生计划并没有中止，李川书仍旧活着，而王十二正在他身上复活。如果他真的能够完全回忆起王十二生前的情形，那他到底是李川书还是王十二？一般来说，一个人把自己认定为另一个人，都会被送到精神病院。王十二还是亿万富翁的时候，他有足够的能力摆平这件事，但是当他作为一个精神病人被捆绑在病床上，恐怕神仙也救不了他。更何况，还有一个亿万富翁正虎视眈眈地盯着他。

他们都是病人。

我充满怜悯地看了李川书一眼。我不是上帝，拯救不了任何人，我只能拯救自己。

我撸起李川书的袖子，拿起针筒扎进他的胳膊。这是一个吸取式针筒，针头钻进皮肤之后会自动软化，然后，仿佛一只小虫般在他的皮肤下游走。很快，针筒里充满了各种人体组织的混合液，淡红的液体中悬浮着各种组织颗粒。有这些就足够了。我把样本筒取下放进兜里。然后拿起记录本，开始在上面涂涂画画。

这一天，当阿彪来取记录本时，我竟对着他微笑。这个冷酷的大个子被我的异常举动弄糊涂了，愣愣地看着我，竟然也露出一个傻傻的笑。我飞快地逃走了。

人类身上蕴藏着巨大的潜能。作为医学院的高才生，我并不是没有潜能，只不过，潜能需要梦想和激情来调动，而我的身上，经过这么些年的精神病院生涯，这两样东西已经稀缺。我成了一个贪婪而猥琐的小人，稀里糊涂地过着日子。然而现在，求生的本能让我激情四溢，浑身充满了能量。我仿佛回到了青葱岁月，回到了在被窝里对着手机如饥似渴地阅读黄色小说的年代。每天晚上，我把那个昂贵的手机塞在枕头下，然后就直奔实验室，在那里忙活大半晚，直到后半夜才回来，匆匆打个盹儿，第二天居然能够不犯困。我以十二万分的劲头投身到自我拯救的事业中。

有理由怀疑我得了某种强烈的亢奋症；然而，在这个非常时期，这是好事。

我在研究万博士的成果。

搞生物的公司最喜欢专利，他们知道，没有专利，他们的产品会一夜之间被各种各样的仿制品取代。因为生物制剂是最容易被仿制的东西，甚至不需要仿制，只需得到母本，就可以轻易地在实验室里大量复制——生命必然能够自我复制，否则就不叫生命了。光凭着我的能力和条件，即便智商高达一百四十五，想搞出万博士那样神奇的研究成果，可能性也基本为零，那需要天才的直觉和持之以恒的努力，还有一点儿决定性的运气。不过，复制它却很容易。我从李川书身上得到了母本，然后在实验室里研究 DNA 被 RNA 影响的过程，还有那些携带了记忆的 DNA 的特异之处。那些和大脑组织相关的基因组产生了很多变异，可以肯定，那就是和记忆携带相关的部分。这些异常的 DNA 很有活力，它们会不断产生 RNA，释放到细胞之外。我毫不怀疑，如果把这些 RNA 提纯，注入某个人身体中，他也会逐渐出现李川书的症状，认为自己是王十二。

我的确这么做了。RNA 长链加上一层薄薄的蛋白质鞘膜，形成了一种结晶物。极少量的活性物质封装在小小的玻璃管中，晶体细微，看上去像是白色粉末。我把它握在掌心里，原本很轻的东西，感觉却很沉重。

这算不算是一种生物武器？这真是一个巨大的问号。我制造了一种跟病毒类似的东西。毫无疑问，如果我把这样的晶体大量复制，让它们像某些病毒一样能够在空气中传播，这个世界恐怕要变成一个巨大的精神病院，而且人们还不易察觉。所有的人都做同样的噩梦，所有人都有同样的精神分裂症状，到最后，全世界都是王十二。这景象惨不忍睹，我也不敢多想。

但我得救自己。这小小的病毒，就是我自卫的武器。

第二天阿彪来的时候，我让他进了办公室。我戴着防毒面具一般的口罩，在他面前不断拍打记录本。粉尘扬起，借着窗户里透过来的阳光，我看见一些细微的颗粒钻进了他粗大的鼻孔。

这办法并不一定会奏效，然而还是有产生效果的机会。

阿彪显然并不喜欢我的举动，他接过记录本，警惕地盯着我。可惜，他的特长是搏斗和枪械，在病毒方面显然并不在行，也毫无警惕。当他觉得一切似乎并无异常后，他转身走出办公室。

望着他魁梧的背影，我有一种欣喜的感觉。知识就是力量，这句话此刻显得正确无比……

然而，阿彪猛然转过身来，快步走到桌前。

"取下你的口罩！"他低声说，声音很低，却充满威慑力，就像他的外表一样。

我一时愣住了，惊愕地看着他。

他没有干等着，自己动手，一把将我的口罩扯了下来。

"你捣什么鬼？"他厉声质问。

一瞬间，我明白了虽然知识很厉害，暴力却更直接，特别是像阿彪这种肆无忌惮使用暴力的人，虽然知识最后总能够胜利，却暂时只能忍受委屈。

"我有点感冒，不想传染给你。"我镇静地说。

他抓住我的领子，把我拉到近前："老实点！给老板做事，不要三心二意。"

他撂下狠话，把我重重地摁在桌上，用记录本的支架不断地打我的头，直到我求饶为止。

阿彪走出屋子，狠狠地带上房门。

我绝望地瘫在座椅上。计划赶不上变化，这些精心提纯的 RNA 类病毒载体在空气中有大概半个小时的寿命，只要我在三十分钟后才拿下口罩，一切就完美无缺。然而阿彪粗暴地把一切都打乱了。携带着王十二记忆的 RNA 不仅进入了阿彪的身体，也同样在我身体里扎根下来。很快，我也会像李川书一样，变成一个精神分裂患者。

听天由命。我的脑子里一片空白，只有这个词。

突然间，我想起还有最后一个救星——万博士！解铃还须系铃人，只有他才能救命。

当天晚上，我见到了万博士。我给他发了十三封电子邮件请求见面，说有十二万分重要的事情要和他商量。其实我并没有别的念头，就是想活下去。李川书的例子活生生地摆在眼前，我会逐渐死去，而王十二的幽灵会占据我的躯体。我不想要什么财富，也不管他们想要我做什么，此时，压倒一切的念头就是活下去。

万博士显然对我突然提出会面要求感到很不满："我们说过不能随便见面！"他厉声呵斥我，"难道没有记住？"

"是的，但的确情况紧急。"我争辩道，"这件事必须要让你知道，而且已经很危险了。"

"说！"他语气凌厉，黑着脸。

"我好像感染了李川书的症状。"我说。

万博士一愣，看着我："这怎么可能？"

"这两天我经常短暂失神，我能记得一些关于王十二的事。这肯定不是从李川书口里听到的，那些记忆就在我的脑子里。万博士，有没有可能你的 DNA 修正出现了问题？它有传染性。如果是 RNA 单链病毒，的确可能发生传染。"

"这不可能。它不是病毒！"他仍旧坚持，语气却犹豫了许多。

"我确认这件事，因为我从阿彪身上观察到了相同的迹象，这两天来，我总是看到他有精神分裂的前期症状，今天他还对我说他就是王十二。说完以后，觉得不对，他就威胁我绝不能说出去，还用记录本狠狠打我。你看……"我露出头上的伤痕给万博士过目，一个确定无疑的证据能够支持这些半真半假的陈述。我并不是一个熟练的骗子，也没有这样的天赋，然而情急之下，这些说辞自然而然地来到我的脑子里，几乎不需要思考。

万礼运半信半疑地看着我额头上浅浅的淤痕，眉头紧锁。

"万博士，"我再次小心翼翼地试探，"您所发明的这种 RNA 信使会不会发生变异，从一个人身上跑到另一个人身上，就像病毒一样？"

万博士疑窦重重："这种 RNA 结构没有配对的蛋白质，无法装配成病毒，它们根本不具有传染性。除非……有直接的体液交换。"
他狐疑地看着我。

我明白他的言下之意。通过体液交换传染的病很多，著名的艾
滋病感染了数以亿计的人，然而，李川书是一个病人，受到严格的
看护，根本不应该有这样的机会，更不可能感染阿彪。

我正色道："万博士，我也是一个医生，不敢乱说，但是如果
出于偶然，这些 RNA 链条能够遭遇相应的蛋白质配型，就很容易转
化成病毒形态，变得能够传染。要不然，你从我身上采集一点血样
去化验。你一定得想想法子。否则，这就是不折不扣的大灾难。你
知道西班牙大流感！"

西班牙大流感在我的脑子里一闪而过。一个多世纪前那次不明
原因的灾难，病毒袭击了欧洲，死掉了上千万的人，而流感爆发的
原因却一直是一个谜。也许那只是一次非同寻常的基因变异，本质
上和万博士的发明并无不同。

是的，如果万博士所发明的东西真的成了一种病毒，它的威力
应该不亚于西班牙大流感。当然，我并不担心人类，人类总能够生
存下来，只不过需要付出一些代价。成百万、上千万甚至上亿的人，
可能会因此而死去。我所担心的，是我自己会不会成为那巨大数字
中的一个。如果成千上万的人死去，我却能获救，那么这方案肯定
就在我的备选中。最好的方案，当然是不要死人。我的天良还没有
泯灭，只是和自己的生命比较起来，天良只能先放在一边。我望着
万博士，希望天良这个东西在他身上残存得比我更多一些。

万博士沉默着。我不由得焦急起来："这种病毒发病比较慢，
如果能针对性地破坏它的 DNA 转录，杜绝性状发生，那么也没什么。

如果迟了，恐怕到处都是精神病。王十二的事情，也恐怕要尽人皆知。"

"跟我来。"万博士低声说，转身就走。

我欣喜万分，却装出满怀心事的样子："这怎么办？我的手机还在枕头下压着，明天要赶回去，不然会被王天佑发现。"

"到我的实验室去，一个小时足够了。但是你必须躺在车厢里。"

万博士的实验室建在深深的地下。我不知道它到底在多深的地下，只是电梯足足运行了二十秒钟，哪怕是很慢的电梯，这也意味着很长的垂直距离。

跨出电梯，一堵墙出现在眼前，红色、蓝色、无色的液体装在试管中，数以千计的试管琳琅满目，从地板一直堆到天花板。它们扭曲盘绕，形成 DNA 的双螺旋结构。

我发出一声惊叹，这简直是生物科学的行为艺术。

万博士快步走向一台设备，这是一台巨大的计算机，上面有某个公司的商标。我知道这种机器，它是 DNA 分析仪，得到人类基因库的授权，可以分析所有已知的人类基因组。这种机器最简单的用途是预测一个人十年后的面貌，这是科学预测，八九不离十，因此受到大众的欢迎。但是它真正的功能被隐藏了，一个人的智商高低、性格如何，答案就藏在这两条双螺旋之中。双螺旋无法决定一个人最终的命运，却可以大体上将一个人归类到某种属性之中，它比任何东西都能更清楚地说出你是谁。然而这样直截了当地揭露，对于大多数人而言都过于残酷，于是，基因学家们很高明地把大众的视线从这些触痛中引开——他们用十年后的面貌之类无关痛痒的东西来遮蔽真实，让大众生活在一种虚假却温情的氛围中。

万博士显然利用这台机器进行了一些非法的研究。他的研究成果就在精神病院的病房里躺着，一个已经被烧成灰的人，正在那个躺着的人身上复活过来。

有什么事比扼杀一个人的灵魂、窃取他的身体更龌龊？这可能是人类最卑劣的行径。当然，李川书签了字，心甘情愿。至少曾经心甘情愿。

万博士很快调整好机器，示意我过去。

我走过去，把手伸进机器，一阵轻微的麻痒之后，机器开始发出嗡嗡的响声，似乎是风扇加大马力的声音。

我抽回手："我的事情做完了，该回去了吧？"

"不，你在这里等着，我们要先看看结果。"

我就在这个地下宫殿里等待着。漫长的十五分钟过去，机器缓缓吐出一张长长的纸。万博士并没有去看，他打开电脑上的软件，开始分析数据。我忐忑不安地拾起那张纸，上面画满了各种各样的符号和代码。我曾经见过这些稀奇古怪的东西，在一门叫基因代码学的专业课上，然而早已经忘得干干净净。徒劳地在纸上扫了几眼之后，我放弃了努力，眼巴巴地看着万博士。

万博士全神贯注地盯着屏幕，似乎已经忘记了我的存在。

过了一会儿，机器吐出第二张纸。我瞥了一眼，照样是基因代码学范畴的东西。万博士把报告拿在手里看着，眉头紧蹙。

"你的确被感染了。"他突然开口，"但是……"他欲言又止，眉头锁得更紧。

"怎么了，我会变成第二个李川书，是吗？"我慌忙问，声音发颤。

万博士抬眼看着我，说不上是怜悯还是惋惜："这些基因序列和给李川书注射的并不相同，它们是被打乱的序列。它们被重新装配过，如果真的表现性状，谁也不知道到底会发生什么。"

　　仿佛一个炸雷在脑子里炸响，我只感到思绪一片纷乱。是的，脆弱的RNA序列很容易发生变异，当我从李川书的身体里得到RNA序列后，剧烈的环境刺激很可能让基因重组，变成难以预料的东西。我可能不会变成王十二，倒更可能变成一个彻底的疯子！

　　"万博士，你是说，我会被这种病毒搞成疯子，是吗？"我勉强发问。

　　"你会有很多错乱的记忆，所有的记忆混杂在一起，可能是李川书的，也可能是王十二的，更多的还是你自己的记忆，最后你会分不清现实。"

　　万博士所描述的，正是一个癔症患者的典型情况。这比精神分裂更糟糕，因为精神分裂的患者生活在此时或彼时，他其实还有清楚的逻辑，只是不合时宜。而癔病患者则生活在一团混沌中，在某种意义上，他就是一团能够行走的肉。

　　我猛地跪在万博士面前。这个突然的举动让他一惊，慌忙伸手拉我："你这是干什么？"

　　"万博士，救命！"我用力在地上磕头，头磕在地上，发出嘣嘣的响声。万博士有些手足无措，"你这是干什么，站起来说话。"他用力拉。我仿佛有无穷的力气，一个劲儿地磕头，他根本拉不住。

　　"好了，你先起来，要不然，我们怎么想办法。"他看着我，哭笑不得的样子。

　　我爬起来，额头上青紫一片。我的精神从崩溃的边缘恢复，不由得为刚才的举止感到羞愧："万博士，我……"我想说些什么，却不知道如何开口。

"你是不是做了什么？"万博士认真地看着我，"李川书体内的这种 RNA 序列只能在人体内的环境中生存，怎么会跑到你身上去？你要老实告诉我，否则不知道它是怎么感染你的，我很难找到对症的办法。"

我知道他说的都是真的。我不想拿自己的性命冒险，于是把一切和盘托出。

"我只是想救自己的命。"最后，我看着他，可怜巴巴地说。

他的脸上浮现出一层怒意，然而他尽量克制着，没有暴发出来。我也不敢说话，小心地察看他的脸色。

过了半晌，他说："我先送你回去！一切都要维持正常。不要让王天佑察觉。"他看着我，"我会想办法的，你不会有事。但是……"他加重语气，"必须要按照计划来！我们的风险很大，稍有不慎，一切都完了！"

"是的，是的。"我忙不迭地点头。

半个月的时间在风平浪静中过去。我度日如年。

噩梦正一点点变成现实，我时而会出现一些幻觉——那不是幻觉，是记忆，就在我的头脑里，只不过不是我的记忆。

李川书被锁在病房里，现实很清楚，他已经彻底变成了王十二。只不过，他显然并不理解自己为什么会处于这种处境里。最初的狂暴过去之后，他变得畏畏缩缩，听见房门的声响就发抖——那些五大三粗的汉子对任何一个敢于耍泼的精神病患者从来都敢于下手。

我走到床前进行例行观察，他躺在床上，浑身散发着臭味。恍然间，我觉得那躺在床上的人就是我。我拼命压抑着这种念头，随手在记录本上写了几句，准备退出。

王十二却突然抬起手。他的手高举，五指叉开："五百万！"他说，声音低沉，却无比清晰。

我猛然间记起还有五百万这回事。那天的情形历历在目——眼前是一笔巨款，而下方显示着我的身份证号码，当我的手颤抖着在屏幕上按下确认，"转账成功"几个字跳了出来。巨大的幸福感瞬间贯穿了我，无法言说。然而短短几个月，这笔曾给我带来巨大幸福感的巨款已经被遗忘到九霄云外去了。恍如隔世，恍如隔世！如果还有五百万放在我眼前，我会把它当作粪土一样抛弃。

我转身麻木地向外走去，对王十二置之不理。

"我可以让你变成亿万富翁！我有很多钱，都可以给你！"王十二急切地呼唤。

我仍旧不为所动地向外走。

"我给你账号，你可以去验证！"他说，"3373647724786868732。"

他嘶哑的声音仿佛有一种魔力，让我的脚步慢下来。当这串数字的最后一个音节结束，几个意义不明的字符串随之在我的脑子里浮现。我停下脚步，一种诡异的感觉涌上心头。

"过来，我告诉你密码。"他说，"这个账户里有一个亿，加上利息，至少有一亿三千万。"

我转头看着他，他也正努力抬眼看着我，眼里满是乞求。

我走了过去，低下身子，把耳朵凑在他嘴边。

"20570803，确认码，T-T-R-1-9-1-4，第三密码……"

我感到一丝凉意。不需要他再告诉我什么，这笔钱的来龙去脉在我的脑子里清晰起来，而这几个彼此间毫无关系的密码，仿佛在记忆中生了根一般牢固。

"都记住了吗？你可以写下来。"王十二说。

我点点头，径直走出病房。我匆匆忙忙换下白大褂，准备去找万礼运博士。手指无意间碰触到口袋，硬硬的，我的心一凉。那是大米手机，它监视着我的一举一动！王十二孤注一掷，企图用巨款来收买我，王天佑可能已经知道这个消息。

我在办公桌旁坐下，强迫自己冷静下来。王十二的记忆在我的脑子里重现，事情的来龙去脉变得清晰。我是一个最无辜的人，被卷进来只因为我是一个精神病医生，而且看起来容易受人摆布。此刻，我居高临下，把一切看得清清楚楚。问题仅仅在于，我该怎么做？

"梁医生，病人的镇静剂需要重开吗？"护士走过我的门口，随口问。

我心中一动，站起身："我跟你一块儿去拿药。"

我掏出手机，把它锁进抽屉，然后跟着护士离去。

我从药房出来时，被人挡住了去路，是阿彪。然而他并不是奉命而来。

他的眼神里充满困惑，失去了那股凶猛的味道。他挡在我面前："梁医生，我们得谈一谈。"

我看着这个可怜的人。正如我所预料的，阿彪非常害怕。他外表剽悍，内心却很脆弱，一旦发现某些事情超出了自己所能控制的范畴，便惊慌失措。他是个危险人物，然而一旦被控制住就无比安全。

"跟我来。"我冷冷地说，手心里却全是汗，生怕他暴跳起来，把我结结实实地揍一顿，说不定还会把我搞残废。

然而他真的听从了，乖乖地站到我身后。也许他认为我给他下了毒，手里有解药，只有听我的话才能活命。有的时候，两个人之间的强弱似乎只是气场的对决。我必须去找万博士，急迫之间，气势如虹。而阿彪却正是心理最脆弱的时刻，再强悍的身体也拯救不了他。

这不是我的计划，却歪打正着。我坐进了阿彪的车。

"去找王天佑。"我下令。

阿彪看着我："老板没让你去找他。"

"我必须去找他，"我看着阿彪，"否则我们都活不了。你出现了一些幻觉，对吗？"

"是的，"他犹豫着，"这两天我经常头晕，有一些奇怪症状。你能帮我解决？"

"听我的，我们才能解决问题。去王天佑那里。"

阿彪服从了我的命令。

剽悍的军车在王天佑豪华的庄园里奔驰。突然，我命令阿彪："从这里转进去。"前方是一条小小的支道，仅容一辆汽车通行。这条幽静的道路毫不起眼，两旁树木森森，即便是大白天，也显得阴冷。

"这里？老板不在这边。"

"照我说的做！"

军车快捷地打一个转向，转入到这条林荫遮蔽的小路上。几个转折之后，一幢小楼出现在道路尽头。

"见过这幢楼吗？"

"没有。"阿彪老老实实地回答。

"在楼前停车，不要熄火，等着我。"我厉声说道，阿彪唯唯诺诺地点头。看见这样一个剽悍的大块头俯首帖耳，我不由得对自己将要进行的事充满信心。

我走到小楼门前。浅灰色的门紧闭，我按下门铃，有人会从摄像头里看到我，然后大吃一惊，他会打开大门。我静静地等着。

门果然自动打开，我走了进去。这是一部电梯，我曾经来过。

万博士在电梯门边等我，他看着我，等我解释。

"情况紧急，"我说，"李川书说了一个账户，王天佑可能知道。"

"你怎么找到这里的？"万博士并不理会我所说的紧急情况，他对我的突然出现感到不安。

"这里……"我指了指头，"我的病越来越重了，总会有些突如其来的记忆碎片。我竟然想起了你的实验室到底在哪里。我宁愿不知道。"

万博士不再追问，侧身示意我进去："来得正好，我也正想找你。"

实验室里没有别人。万博士在一台电脑前坐下："我找到一些办法，可以针对性地消除你身体内的变异 DNA。"

"另一种病毒？"我问。

"你可以这么认为。我指定了几个特定的基因组靶标，这种病毒进入细胞核，能够摧毁那些已经变异的 DNA，避免你的大脑性状进一步改变。”

“但它无法把已经改变的性状变回来。”

“是的。”万博士说，“所以越早越好。”他看着我，“在王十二的记忆占据你的头脑之前，必须消除那些已经变异的DNA，残存的RNA很容易控制，它们本身的生命周期很短，只要不让它们感染更多的健康细胞，你的免疫系统很快就能把它们清除干净。”

我露出一个勉强的笑容：“那么最好的情况是，我能保持现在的状态。”

“没错。”万博士把电脑屏幕转向我，“自己看看，你既然能复制记忆描摹RNA，你的基因学基础已经足够阅读这些说明。”他站起身，“我来做准备。”

他走到一旁的一个庞大的仪器边，打开一扇小门，开始从里面取试管。

我低头看着眼前的资料，这是一份关于“记忆描摹RNA”的详细说明，这一章节专门描述如何预防这种RNA侵入细胞。对已经改变的性状，没有办法复原，因为原本的性状已经被抹去。

我草草浏览了几页，定了定神，开始说话：“我已经有了一些王十二的记忆，但是我并没有发疯，我还能清楚地分辨哪些记忆属于我，哪些记忆属于王十二。我想起来一笔钱，共有一亿三千万美元，这笔钱的利息每个月按时汇入六个账户。”

万博士手中的动作停滞下来，他看了看我，把手上的试管放在架子上，然后面对着我：“你想说什么？”

“我那个不可靠的记忆告诉我，如果这笔钱的利息不按时汇出，六组杀手就会奔向不同的目标。”

万博士的声音有些发颤："我不明白你在说什么！"

"那样也好，我已经把这笔钱转入我的账户，下个月开始，也许就会有几场谋杀案发生，其中一件，也许就在这个庄园。还有，如果没有人重设这笔钱的权限，再过半年，这笔钱同样会被冻结。半年的时间，说起来也不算太长。"

"你想怎么样？"万博士的额头上渗出了冷汗。

我微微一笑："虽然我可能变成一个疯子，但在变成一个疯子之前，我可以让几个人变成死尸。很简单，一场交易，怎么样？"

"你说吧。"万博士很快控制住情绪，平静地说。

我知道，从此刻起，我们真正站到了同一条战壕里；而且，我占据了优势。

"这件事需要卢小姐的配合，她在庄园里吗？如果在，我们今天就可以解决问题……"这是一个冒险计划，然而我知道，时间紧迫，再大的风险也值得一试。

我把一个药瓶交到万博士手里。他看了一眼，惊讶地抬起头："阿匹胺苯片？"

我点了点头。

从小楼出来，阿彪仍旧在等着我。

"老板找你。"我刚上车，他就说。

"那正好。"我淡淡地说。这正与我的计划配合得天衣无缝，他不来找我，我也会去找他。

"我怎么办？"阿彪问，他显然知道王天佑这一次找我，凶多吉少。他并不关心我的生死，但他担心自己的性命。

我正对着他："我给你五百万，你是不是能帮我杀了王天佑？"

阿彪断然拒绝："这不可能。我不能对老板下手。"

"你自己的命也不要吗？"

"不要拿这个来威胁我！"阿彪突然恢复了几分剽悍，"我是不会背叛老板的。"

"好吧。"我坐直身子，"但是为了你的命，你最好不要告诉任何人，我们今天到了这里。你的幻觉会让你精神错乱，你看到李川书的下场了，如果不尽早采取措施，你会和他一样。只有我能帮你。"

阿彪默默地开车驰出小道，转向庄园内部。

我看了看表，四点一刻："在这里等一等。"我告诉阿彪。

阿彪把车停在路边，并不发问，只是等着。

时间很快过了四点半，我让阿彪上路。绿草如茵，仿佛一块巨大的绒毯，豪华的房子就在绒毯上，远远看去就像童话里的城堡。这景象触动了我的回忆，有一种亲切的感觉。这不是属于那个叫作梁翔宇的精神科医生的记忆，它属于那个叫作王十二的亿万富翁，这所房子曾经的主人。然而，我心里并没有抵触，只是看着那房子，感到一阵阵温馨。也许我是谁并不重要，我活着，看着，感受着，这就是一切。变成另一个人，似乎也并没有那么可怕；可怕的是因此而变得精神错乱。

"你喜欢这所房子吗？"我突然问阿彪。

阿彪点点头。

"你记得老老板吗？"

阿彪不说话。

我知道他记得。他从小就在王家长大，他的父亲是王十二的保镖，死得很早，王十二就像他的父亲。他并不明白身上出现的记忆错乱的症状，那正是王十二的记忆，其中也一定有一些关于他的部分；也许他看着镜子里的自己，会涌起一些莫名其妙的情绪，就像我此刻看着他，心中却充满一种父亲的慈爱。

这件事真是奇妙，当我在医院里威胁他时，我想的是怎么搞死他；此刻，我竟然下定决心，必须要拯救他。而王天佑……想到这个名字，我的身体不自觉地微微发抖。我要他死！这是梁翔宇和王十二的同谋，一个为了活下去，一个为了复仇，在这个问题上，他们找到了公约数。

军车在房门前停下。

"押着我去见王天佑，"我低声说，"就像平常一样。"

阿彪下了车，外衣口袋里鼓鼓的，里面明显塞了一把枪。他像往常一样押着我走到门边。我不自觉地想靠近门框上的虹膜识别器，然而很快控制住了自己，没有做出这个愚蠢的举动。

"老板，我把梁医生带来了。"阿彪对着对讲机喊。

"带他上楼。"王天佑的声音传来。我望了望门上方的一个角落，那是监视器的位置，如果王天佑就在监视器前，他会看见我正望着他。

王天佑坐在宽大的沙发上，跷着二郎腿，故作高深地看着我。

"那个李川书开口了？情况怎么样？"

"他说了一个账户，3373647724786868732。"我把账户报了出来。

"不错。"王天佑站了起来，"你的记性很好。那么密码呢？"

"他说这个账户有三重密码，他不肯说。"

"不肯说？"王天佑耸了耸眉毛，"难道他不是悄悄告诉你了吗？我知道密码，但是你来告诉我，对我们的合作是一个很好的考验。"

"他没说。"我保持镇静，"他只是告诉我，除了他，谁也不能使用这个账户。而且，这个账户生死攸关。"

"和谁的生死攸关？"王天佑保持着笑容，然而我能看出他的表情有一丝僵硬。

"一个姓万的医生。他说只有这个姓万的医生出现，他才肯说出密码。"

王天佑的心情变得轻松了一些，他冷哼一声："这些都是我的隐私，和姓万的医生有什么关系？这是胡说八道。你是精神病医生，应该有很多办法让他开口说真话。"

"我可以试试看，"我说，"不过如果我用药物诱使他开口，很可能会把事情搞砸。"我小心地看了王天佑一眼，他似乎有兴趣继续听下去，"这种私密性很强的东西，人的潜意识都会进行保护，很可能他只会说出一个假密码。"

"没关系，多试几次。"王天佑毫不在意。

"这会杀死他的，"我说，"进行催眠诱导是很危险的行为。"

"这有什么危险？不过是多吃几次麻醉剂而已。"

"神经系统的多巴胺物质会被耗尽，神经衰竭，人会死亡。"我把专业知识描述得尽量简单。

"他的整个身体都是我的，不用担心神经衰竭。他会死得很快吗？"

"我不知道，每个人都不一样。"

王天佑有些犹豫，显然，他并不想让李川书很快死去。

我仔细观察王天佑的神色，他似乎有些不能确定时间，抬头看了看钟表。他的鼻翼翕张，神色有些恍惚。

卢小姐按时给他服下了药。

我走上前，用一种训练有素的温柔声音说："现在，我们把万医生找来好不好？"

"天天，到这边来。"随着一声招呼，王天佑晃晃悠悠地站起身，向我走来。

"我是谁？"我问他。

"爸爸。"在催眠的作用下，他看着我，就像看着王十二。

"我就是去死，也不会留给你一个子儿！"我突然大声喊叫起来。

"爸，别这样！"王天佑畏缩着后退。

这正是王十二被杀死之前说的最后一句话，我挺直身子，手指如戟般指着他，像极了当日的情形。

王天佑浑身战栗，脸部抽搐。亲手杀死父亲之后，却又见到了父亲，他顿时无比害怕。

"你这个不孝子，敢闷死我！财产……财产都是你的又怎么样？丧尽天良，我做鬼也不会放过你！"我说着做出打人的姿势。

王天佑抱着脑袋蹲下身子："不要，不要……你饶了我吧！"他开始号哭。

王十二的儿子就这么不争气，是一个绣花枕头。我敢说，当时如果不是王十二晕倒在地，给他十个胆子也不敢动他老爸一根寒毛。

我可以吓死他。在药物的作用下，只要稍加诱导，恐惧几乎可以被放大到无限。然而这不是我的目的，我也不想犯杀人罪——哪怕永远不会被追查。

　　我只是想告诉他一些东西。我走过去，一把抓住他的头发，拉起他的头，附在他的耳边轻声说："财产都是你的了，但是我们断绝父子关系，我会做鬼，让你一辈子不得安宁。"

　　王天佑只是哆嗦，嗯嗯呜呜说不出一句话。

　　我抬头看着万医生，点点头。万医生默默地走上来，给他打了一针。

　　王天佑瘫倒在地。

　　"一切都按照你的计划来了，"万医生冷冷地看着瘫在地上的王天佑，"兑现你的承诺。"

　　"我们要看看效果。"我说，"明天打电话给我，我们把他送到精神病院去。然后，我们各不相欠。"

　　"你要记得自己的承诺！"万医生盯着我，满怀戒心。

　　"你可以放一万个心。"我微笑着，"只要我不变成精神病，你和小卢都安全。"

　　万医生从密道走掉了。

　　阿彪走进来。我要他站在门外，他听到了全部的过程。

　　"小老板真的杀死了他自己的父亲？"他问。

　　"你都听见了。"我说。

　　阿彪默默地走出去，他再也不会为这个躺在地上的花花公子卖命了。

富丽堂皇的屋子里只剩下我和躺在地上的前亿万富翁继承人。我还有最后的事要做。

我走到书桌边，拉开抽屉，抽屉里有一把保险锁。我拧动锁盘，打开保险，眼前跳出一个屏幕。我把手按在屏幕上，启动了程序。

所有的现金、证券、股权、不动产……一切的财产都从王于德的名下转移到一个叫李川书的人名下。指纹、虹膜、DNA，一切可以验证身份的东西都从我身上转入这台电脑，然后通过预留的后门进入国家个人信息管理中心。

当最后的转移完成，屏幕上出现一个巨大的摄像头。我露出一个微笑。咔嚓一声后，一张卡片从缝隙中弹了出来。

我捡起卡片，这是一张崭新的身份证，我的头像就印在上面，傻傻地微笑。

从今天起，我就是李川书！

我收起身份证，把书桌恢复原样，然后走出门去，让阿彪送我回精神病院。

一晃十年。

当我厌倦了白雪皑皑的布朗峰后，我决定回去看看。虽然精神病院不是什么光彩的地方，但毕竟我在那里生活了八年。人总是念旧的。

很远我就看见了曾经的精神病院的金字招牌——"李川书精神疾病研究院"。欢迎的队伍排得老长，站在最前面的是宋院长。

"宋院长，很久不见，很久不见啊，您老看上去气色不错！怎么敢这么麻烦大家。"我热情地和他握手。

宋院长的老脸上露出受宠若惊的表情:"这哪里敢当,李老板,您是我们的大贵人。应该的,应该的!"

我微微一笑。十年前我是梁翔宇,要在宋院长面前装孙子,一旦我成了亿万富翁李川书,宋院长和曾经的同事们就再也不记得存在过一个叫梁翔宇的人。钱或许真的不是万能的,但它至少可以让一些人彻底忘掉过去。

我走过热烈欢迎的队伍,走进这片熟悉的土地。

一个宽敞的院落里住着特殊的病人,我走过去,和他打招呼。他猛然一惊:"你是谁?你要干什么?是不是要抢我的钱?我有很多钱,我是亿万富翁。"他说着就像兔子一般跑掉,躲进了门里。

"他的病情比十年前好些了吗?"我问宋院长。

"哪里,一直都这样。晚上的时候,杀猪一样嚎,如果不是您有特殊吩咐,早就给他上嘴套了。"

我点点头。虽然是我的催眠才让他生活在潜意识的恐惧中,然而这是他咎由自取,我既不内疚,也不怜悯。

当天晚上和万医生通电话,告诉他我要去拜访。他喜出望外。自从那次事件之后,我远走欧洲,他和卢小姐结婚,已经有了一个可爱的宝贝儿子。我们保持着亲密的朋友关系。一个亿万富翁很容易有几个好朋友,特别是如果你真心赞助他们的事业。

"有个特别的人,你一定要见见。"电话那边,万医生显得很神秘。

我知道是谁,却也不道破。万医生和我提了好几次,那个人总在庄园周边出没,衣衫褴褛,面黄肌瘦,他像是在等待什么机会。我很感谢万医生的好意,然而这些年我其实一直派人跟着那个人,对他的行踪了如指掌。

我见到了万医生和小卢，还有他们六岁的儿子大宝。大宝很可爱，小小年纪已经能明白光速有限，跨进了相对论的门槛。我见到了他，果然是聪明伶俐的孩子。

午餐时，万医生兴致勃勃地给我讲述一种增强记忆新药的最新研究进展，他确信这种药物会永久性地改变人类历史进程。小卢悄悄地捅了捅我的胳膊，示意我看窗外。

窗外，绿草如茵，却有一个黑乎乎的人影在草皮上行走，龌龊不堪，仿佛一只动物。

十多分钟后，我站在他面前。

他认出了我，恨恨地盯着我。

"你应该感谢我，如果不是我，你已经死在精神病院里了。"我说。

他无动于衷，仍旧恨恨地盯着我。

"每个人都得到了他想要的东西，李川书得到了享受，王天佑得到了梦中的财产，万医生得到了自由，你得到了年轻的生命。我只是把你们丢下的捡起来。大家都很满意。"

他仍旧无动于衷。

我拿出一张卡片，递给他："这里是五百万，你可以在任何一家银行支取。如果你想拿回你失去的一切，这是一个很不错的开始。"

他并没有拒绝卡片。我向他微笑，然后回到了庄园里。回头看去，他已经不见了踪影。

第二天，我正在吃早餐，阿彪把报纸送过来："老板，有消息。"

我看了看阿彪所指的地方，那是社会八卦版内一条不起眼的消息——"流浪汉银行内取五百万遭哄抢，当街被群殴致死"。

　　我点点头，心安理得地喝下一口咖啡。因果报应，这事怨不得我。

　　我走到窗边，万医生一家正在草坪上玩耍，其乐融融。王十二，李川书，梁翔宇……我不知道自己究竟是哪一个，和生活本身相比，这并不重要，只要你自己不把它看得太重要。

　　"李叔叔！"大宝叫喊着向窗边跑过来。

　　我笑嘻嘻地应了一声，从窗口跳出去，把他抱起来，高高地举起。

　　"李叔叔，为什么我总觉得很早就认识你？"我把大宝放下，他兴致勃勃地问。

　　"因为大宝乖。"我随口夸赞他。

　　"但是……"大宝歪着头，"我记得你好像姓梁。"他睁着圆溜溜的大眼睛，天真无邪地看着我。

　　我心中一凛，不由得向着万医生夫妇看去。

待我迟暮之年

永生困境

葬礼

唢呐刺耳干燥的声音突然停住，小锣"当当"敲响，一旁黑衣的道人面无表情喊："孝子贤孙，拜！"

周围的亲戚"哗啦啦"跪下了一片。舅舅舅妈在我前面，恭恭敬敬两膝着地，头"咚咚"碰在水泥地上。我却需要使劲儿才能跪下去，腹部的肥肉压住大腿，头好不容易弯到能接触地面的程度，脖子却都几乎要断掉了。时间瞬息凝滞，大脑中一片空白，我忘记了自己为什么会在这里，只看见舅舅舅妈白布孝衣上的汗渍在不断增加，渐渐地形成了一张印象派油画。

"起！"道士终于给出指令。我立刻起身，大腿发抖，小腿抽筋，我沉重的身躯不由得晃了晃。

身后的表妹马上扶住我，温柔询问："你没事吧？"

"没事没事，就是有些晕。"我回答，软绵绵靠到她身上。

表妹抱怨："一定是不吃早饭搞的，唉，你饿坏了吧？"

我点头，我的饭量不用声明，看我膀大腰圆的样子就明白了。

表妹把我从"孝子贤孙"中拉出，扯到一边角落里。

"这不好吧？仪式还没完，"我抗议，"我还得抬棺……"

"你抬得了吗？虚成这样还嘴硬。"表妹掀开地上一个箩筐的盖布，露出一堆雪白的馒头，说不上是同情还是鄙夷的口气，"真用不上你！"

于是，我就坐在角落中一边啃馒头一边观摩整个葬礼，看着舅舅舅妈以及其他三姑六婆哭灵、转灵、起灵。祭香一把把焚烧，倾倒在灵位前。黑色灵牌上"先父郑公再阳之灵位"的白色字迹，逐渐被淹没在烟雾缭绕之中。每一个拜灵人鞠躬或者叩头时，两旁的哭灵人会陪送上最真挚的号啕大哭，涕泪横流，仿佛死者真的是他们的至爱亲朋。

当然不会是，这个我最清楚。因为请哭灵人的钱归我出。"一定要全乡最好的哭灵的，大壮你就花这点钱，你不能舍不得。"舅妈再三叮嘱，"外公生前最疼你了。"

哭灵人很对得起我的钱包，哭得相当有声有色。他们加剧了整个葬礼的仪式感，以及程式化。

对的，我咽下第五个馒头的时候，终于找到了形容这场葬礼的关键词——程式化。一个上午就搭建完成的宽大丧棚，有些污渍的供桌香炉白幡拜垫，粗糙做工的麻布丧衣和黑纱袖标，堆满过道的花圈和全套"纸活"（就是阴宅那些东西，别墅豪车高档家具电器全是纸糊的），都带着"毫无差别"的得意劲儿，在道士不知道吟诵了多少遍的经文中，迎接着它们的又一拨使用者。葬礼的每一个步骤，来宾们都心知肚明，他们只是这场程序的编码，虽然厌倦与疲惫，但也要将程序一丝不苟地走到最后。至于那个牌位上的名字，写成谁都没有关系，真的，换成我的名字也丝毫没有违和感——所不同的，无非是我老婆和儿子站在舅舅舅妈位置上而已。

我不由得哆嗦，后脊背蹿上来一股子凉气，仿佛已经看到那一天，在烟熏火燎的我的灵牌前，我老婆和儿子听着道士的口令下跪磕头。哭灵人在他们身边啜泣，流泪，竭力表演哀伤，尽管葬礼之前和之后都不会在意我的名字。

"虚伪！"有人凑近我，递给我一支香烟，"真虚伪。你知道老爷子怎么死的吗？"

我看看来人的脸，应该见过他，但我想不起他是谁。

"大壮，我也算看你长大的了。你外公老拿你照片给我看。哦，我是你外公的老邻居。你小时候常到我家来玩。"来人喋喋不休。

到那一天也会有人这样对我儿子说，我看你长大，节哀，死者已去，生活还要继续。

我这个人的存在感，只有在葬礼上才能达到顶峰。我葬礼的视频和我的生平介绍，会永远占据网络灵堂中的某个位置。当我的棺木投入火化炉的时候，我葬礼的实况视频下面会有许多 ID 留言，也会引来一些小广告。留言内容无非是"人生无常，且行且珍惜"这类心灵鸡汤，还会有若干同学发小回忆我的糗事趣闻；我暗恋的姑娘和曾经痴爱过的姑娘也会相遇，相互感叹青春易逝爱情易伤。

邻居在我眼前晃晃他的手掌："大壮，你发什么傻啊！你外公是自杀的。"

唢呐声陡然拔起，形成一片嘈杂的声浪，道士的诵经声淹没在声浪之中。表弟捧着灵位向外走，十六个青壮年男子抬棺跟在后面，压阵的是舅舅舅妈等亲戚的送灵队伍。我觉得是我给足了报酬，今天的送灵队伍才超过了百人，十分风光体面。甚至舅妈将丧宴设在了很远的火化场那边的酒庄，也没有人反对。但表妹坚持认为是外公人缘好，大家愿意送他。

"你外公和你舅妈吵架了。"邻居很生气他的八卦不能得到我的响应，"都九十多岁的人了，还这么较真。"

表妹在送灵队伍中招手，我急忙抛下邻居跑过去。表妹一脸黑线，"你别听人胡嘞嘞，"她严厉地说，"我们家五年前就进城了，爷爷不肯去，妈一动员就和妈急。我们明年移民加拿大，说好春节全家都回来陪他过，谁曾想他就去了呢？"

我说："是是，我当然是信你的话。"

表妹轻轻叹气："爷爷老了，特别顽固，好多理儿跟他说不通。"

七年前我回乡看过外公，85岁的人还下地干活儿，种两亩菜地，喂两头山猪。他爱吃红烧肉，抽最便宜的红梅，还老骂给他洗衣做饭的婆娘偷他钱。

"那个婆娘去哪儿了？给外公做饭的那个。"我问。

表妹撇嘴："四年前就走了。爷爷不肯给她名分，防她又紧，她好没意思。"

我望望那惨白一片的送灵人群，"她来了吗？"

表妹难得笑了："她来干什么？分遗产？爷爷银行里就存了5万块钱，给自己做葬礼的。你看到那个穿黑西服的秃子了吗？那是银行派的律师，监督我们财务开支的。"

秃子我认识，他找我谈了外公的遗嘱。外公把身后事安排得很周全，给舅舅舅妈留了自己的丧葬费，5万块钱按照村子里的平均水准够用了，舅舅他们还有吊唁金可以贴补，说不定还能结余。外公的老宅和地都给了我妈妈。因为妈妈去世得早，我便成了外公实产的继承者。除此外公就再无值钱之物可以传世。

我的遗嘱不可能像外公的这么简单。现金、股票、房子和车子这些都好办，老婆孩子全拿走；衣服鞋帽可以捐献；但我的手机号码、我的网络社交号码和我的游戏通用号码得仔细分配，给谁不给谁有可能在网络中掀起风波，得到的是天上掉馅饼，得不到的会羡慕嫉妒恨，总之容易引起麻烦；还有我的西马诺全套钓鱼工具、骆驼的野营装备、4万多本藏书、超过300瓶的红酒白酒和一柜子雪茄，这些老婆孩子欣赏不了用不上的东西，最好由我亲手来处理，免得暴殄天物。

我的那条老狗，从出生就和我在一起，仿佛是我的影子。没有我它活不下去，我应该给它准备墓穴，或者就葬在我的身旁，到天堂也好一路陪伴。

我很久前就买了墓地，在北郊山区陵园的高处，买时种下的国槐已经浓荫如盖。盛夏花开，黄绿的花瓣落在我的墓碑上。我的生命与大自然相比如惊鸿一瞥般短暂，却能像夏花一样绚烂，我将俯瞰城市的生长和衰落。我的墓碑上要刻下这样的字句："人终有一死，活着并不是为了不朽，而是为了创造不朽。"

葬礼余下的时光我就在幻想中度过，我未来的葬礼和外公现实的葬礼混淆在一起。当棺材停到火化场，包裹得像个粽子样的外公被从棺材中请出时，我分明觉得粽子壳里着着的是我，火化炉蓝色的火苗吞噬的是我，骨灰盒中装着的那捧骨灰是我。我恍恍惚惚，不知自己所处何地，所在何时。

"你信不信，我很爱父亲。"舅舅端着酒杯走到我面前说。我才霍然明白自己正在丧礼的酒宴上，一脸冷漠，满眼迷离。

"我信我信。"我赶紧说。

"他不愿意和我们住在一起，这能怪我吗？"舅舅委屈，"我们总不能为迁就他，到乡下来住吧。我又不是不管他。我们移民后，我要送他到最好的养老院去，他就不会感到寂寞孤独了。"

于是外公沐浴更衣，梳理好雪白的头发，端端正正坐在堂屋中间，一边火盆里烧着纸钱，一边喝下半瓶农药。纸钱才烧了一半，外公就躺在地上不省人事。邻居发现时，他已经没有了气息。

"他很久以前就开始计划自杀了。"邻居说，"他怕将来死了，孩子们回不来，连纸钱都没法子买给他。现在死，你们都能回来给他办丧事，还很体面。"

待我迟暮之年，我将托谁清理我失去活力的身体，将我送去火化，将我骨灰安葬？

非我是我

电梯里一尘不染，金属四壁光洁如新。站在我对面的男子同样干净齐整，白色外套上连个褶皱都没有。他安静地看着我。

"杜老最近忙吗？"我没话找话说，男子眼睛里十分空洞，拒人千里的表情让我很不舒服。

"十分忙。"男子说。虽然他没有表情，但我总觉得他的眼神分明是在说，"因为像你这样的无聊之人太多了"。

"哦，他约我来的，否则，他这么忙也不好打扰他。"我讨厌男子僵硬的姿态，分明有一种居高临下的鄙视。

"你准备好了就行。"男子说。电梯停了。缓缓打开的门外，是同样一尘不染的走廊。淡灰色的墙壁，柔和的灯光，舒适的温度，一起平息来宾躁动的情绪，坦然接受自己选择的命运。男子大踏步向走廊深处走去，我急忙小跑着跟住他。

我们路过走廊两侧的无数扇门，门都是一模一样的米白色，紧紧关闭，没有号码没有铭牌，绝不透露出任何门内的信息。男子终于在一扇门前停下，手掌贴住门把手，门上的密码锁亮了，男子便很轻松地开了门。

杜老正趴在地上做青蛙匍匐状。

男子说："李大壮先生来了。"

杜老抬头看我。我轻舒一口气，松弛下来。

杜老问："他令你紧张？"目光指向男子。

"是。好像我要做一件见不得人的事。"我说，四下环顾。房间里有各种各样的沙发，还有柔软的地毯，根雕的茶台，一张古朴的办公桌。桌子上有台灯、文件夹、地球仪、纠缠成团的数据线、文具盒、几张显示屏等等，总之就是一个杂乱不堪但能随手拿到自己想要的东西的地方，这太像我那间用车库改造的书房了，甚至连地毯上一样都有难看的深色茶渍。我顿时对杜老产生了难以言表的亲近感。

"确实，这事不适合新闻曝光。"杜老说，见我神态好奇，便起身，指指那些堆积杂乱的物品，"这些都是'他们'送我的纪念品。"他笑，拿起手边一个水晶杯，"这杯子见证了一段传奇的婚姻，它的主人放弃了维护婚姻的义务，也放弃了它。"

我接过杯子。杯子沉重，雕花精美，但边缘已经破损，表明它并没有得到应有的呵护。

"这个，"杜老从桌上小山样的物品中抽出一个电子镜框，"带它来的家伙一直看它，眼含热泪。尽管我一再解释，他不会因为'置换'失去记忆。只要他需求，我就能给他保存下来，所有的完整的记忆，表层记忆、潜记忆、暗记忆，都能留下来。可是他仍然看着它哭。你想知道为什么吗？"

我摇头："不想。那是他的人生，触动不了我。"

"很好。你申请'置换'的理由是想尽可能活着，我也和你谈过目前能采用的几种方法，你决定采用哪种？"

我放下杯子，男人已悄然消失，我便问杜老："那男人也是他们中的一个吗？"

"是，"杜老点头，"他到目前已经'置换'了超过一半的身体，切除了一些神经和腺体，不会再产生任何感情方面的应激反应。"

我突然明白："镜框是他的。"

杜老不置可否，微笑："每个人都有因之成为人而遭遇到的烦恼，'置换'的目的，就是帮助大家摆脱这种烦恼。你的烦恼，其实是最常见的烦恼，怕死而已。"

我点头。我的确怕死，在外公葬礼上我险些晕倒，葬礼随后的丧宴上我又神色憔悴，这并非对外公有多深厚的情感，我只是害怕，怕有朝一日我也会像外公一样，仅仅因为需要有人给自己一个葬礼，就干脆结束了自己的生命。"我想要一直活着，活得比我身边的人都命长，活到太阳灭亡，宇宙冷寂，人类都已成灰。"我说，双手紧握在一起，微微颤抖。

"能活多久取决于你自己。"杜老不知从何处端出一盘巧克力杏仁蛋糕,"'置换'只是给你新生活的开始,至于新生活是否等于好生活,那是你自己的事情。我没有责任给你任何保证。"

"我明白。但你总归要有一个质保期嘛!"我毫不客气,瞬间就将蛋糕吃完了。黑巧克力的苦软和杏仁的甜脆在我舌尖融合,缓缓释放出无法形容的美妙滋味,让我齿颊留香,终生难忘。

"那是最彻底的'置换',你确定需要?你将再也无法感知蛋糕的滋味,吸收它的营养。"杜老的表情与其是在警告我,倒不如说是在诱惑我。"你将得到很多,但你同样也会失去很多。从来没有只获取而不失去的事情。"

"我明白。"

"你真明白?30%的人熬不过最初的心理适应期,剩下的人中的40%不能度过质保期,然后,我们放手不管的第二年,就又会死去50%。"杜老的声音枯燥平和,丝毫不带有感情,仿佛是在教学课上谈实验室的小白鼠,"整个'置换'过程非常折磨人,而且费用高昂,没有减免折扣。想要长生不老可不容易,有无法预测的风险和代价。你有很大概率成为失败者中的一个。"

我端详杜老,他的发际线已经后退,眼角的鱼尾纹在肆无忌惮地扩展,嘴唇四周的胡须正狂野生长,我忽然有所发现:"杜老,你这业务开展了多久啊?看来你还没办法证明真的能实现长生不老。甚至,你自己都不敢亲自尝试。"

杜老点头,神情有些黯淡:"如果失败发生在我身上,'置换'技术就再也没有调整的机会。人类所梦寐以求的生命自由,也许要推迟几个世纪才能达到。"他站起身,走到墙边,"来,看看你的物理模拟体。"停顿几秒，很规矩地用普通话念，"老骥伏枥，MU4759。"

随着杜老的声音，墙上的一张屏幕亮起来。屏幕上出现了一个复杂的装置，装置上部，无数电线数据线中间，安装了一个浅灰色不透明的容器。我的另一个我，即我的新大脑就在这容器中培育着。屏幕切换出一张示意图：神经细胞在特制的生物芯片上面生长，已经包裹住了芯片三分之二的表面积，并和芯片之间产生了复杂的电子层面的互动。随即，一个附着在容器内部的微距摄像头给了我真实的画面，在外行的我看来，这团浸泡在溶液之中的灰白物质既不好看也没有什么趣味。

我脸上的表情把杜老逗笑了，他耐心解释："这就是'置换'后你将拥有的大脑。一个新的控制中枢，它不需要生物躯干的供养，它有非凡的控制和遥感能力。它不是你大脑的复制品，而是一个新的可以承接你自我意识的超强信息处理中枢。"

恍惚又回到我第一次认识杜老，听他谈"置换"概念的晚上，酒吧的角落里我们窃窃私语。杜老一脸严肃认真，看我的目光充满怜悯。

"在人们的传统观念里，维持生命的长久，需要保证整个躯体都能正常的运转，所以我们的医学，都在往这个方向上努力，并且终于进展到在细胞层面的操作，可以延缓细胞的衰老，阻击吞噬细胞的病毒，修复死去的细胞，完全不顾自然的规律，只求长命百岁。"杜老这样开篇，声情并茂，极具煽动力，根本不是眼下一副姜太公钓鱼的高傲姿态。

"但这种永生，仍然维持现有的生活方式，仍然会存在身体的疾病、精神的痛苦、生存的压力，医学摆脱不了这些的。医学的一切手段只是延长生命，但改变不了你生命本身的局限性。于是就有了'置换'这个概念，把你从这具血肉的躯体中解放出来，按照你的意愿，给你打造钢铁之躯或者意识巢穴，你可以像汽车人，也可以做信息世界中的游子。你再也不能继承过去的生活，但你拥有了无穷的时间、非凡的记忆力、高度专注和不同寻常的创造力，可以随心所欲，那才是真正意义上的存活。"杜老关于"置换"的解释充满诗意，尤其是他的总结语，更是铿锵有力，如黄钟大吕般砸在我心上，"你费尽心思用传统医学获得的，只是在低层次上延续生命的使用时间，即便你已经神志模糊，记忆力丧失，语言迟滞，你仍然在呼吸，在消耗能量，渐渐变成行尸走肉。你愿意争取这种样子的长寿吗！"

其实，我一点儿也不介意什么样的长寿，我害怕的是即便长命百岁，也仍然要面临死亡，仍然会闭上眼睛永不能睁开。

"转移自我意识是'置换'的关键，放心，这对我，已经是比较成熟的技术了。"杜老以为我的沉默是对"置换"的怀疑，强调，"成败并不在转移过程，而是在于能否适应'置换'后的新生活。毕竟设想和现实，有不小的差距。"

"这是一种冒险。"我说。杜老点头。我继续："那么，我总得看看别人'置换'后怎么样。买房子还要看样板间呢！"

杜老想了想，很慎重地说："我需要时间来安排。毕竟，你的选择极度私人化，没人愿意承担帮你选择的后果。"

生命的道路有无数交叉小径，无论我走哪一条，我都愿山穷水复之时有柳暗花明。

他们

我的新大脑最终会长成什么样，这取决于我选择的永生形态。比如我如果想当一棵树，那么我的新大脑就得能适应树的形状和生理特点，可以移植进一棵大树并能迅速控制操纵植物神经系统。由于40天后新大脑就将发育成熟，留给杜老的时间并不多。因而，很快我就得到了他们的回应。

此时我和老婆正为儿子小升初之事奔波，每周给孩子安排各种面试。这个时候，我的全部财产和社交关系都毫无用处，为数不多的几座市重点中学全部只看考试成绩。小男孩疲于奔波，却又信心满满，老婆也是像上了发条般精力十足。我问老婆："相比较宇宙的壮丽和太阳的灿烂，小升初根本不值一提。如果你有永恒的生命，你还会在意非要上市重点吗？"我老婆回答得很干脆："永生？没意思。能把这辈子过好就不错。活着就不能庸庸碌碌。能上市重点为什么不争取？"

我就此打消引领老婆加入"他们"的想法，毕竟，我也出不起两份"置换"的费用。

"他们"是采用"置换"技术得以某种程度永生的人的统称，很乏味和无确切指向的名字，令这群人在自然人的社会中面目模糊，不会引起关注与争议。对于我的好奇心，"他们"中的大部分都嗤之以鼻。

"他们选择了各自需要的生活，这不可复制，所以无法给你做榜样。"曾在电梯中给我引路的白衣男说。

想不到第一个答应见我的会是这个男子。我们在一家街头烧烤店碰头。冒着泡的啤酒和油滋滋的烤串，是仅属于我的美味佳肴。白衣男看着我大口吃喝，自己面前的一杯清水动都不动。

"我们应该约在别的地方。"我说，"你这样子别人会觉得很奇怪。"

白衣男面无表情："任何地方对我都是一样的，身外之物，不会引起我的任何神经异动。"

"你以前一定有很动人的故事。为何要放弃鲜活的记忆？"

"我当时身患数病，还有抑郁症导致的严重自杀倾向。'置换'是最彻底的治疗方法。"

"'置换'没必要脱离原来的生活吧？但你很坚决地离开了。"我试图搞清楚他的逻辑思路。

"我的一半身体都是机械，没有性功能，我不需要食物和睡眠。我如果还停留在原来的生活中，会被视作怪物，给周围的人带来困惑。"白衣男平静地说，像是在宣读政府公告，没有任何情绪。

"你最初怎么适应的这个新身体？杜老说那很不容易。"

"对我不成问题，我切除了所有情感认知。机械和有机两部分身体之间也未产生排斥反应。目前它们之间的各种能量与信息交换正常。"

"会有超能力吗？"

"所有能力都与形态匹配。希望在人的形态与非人形态之间任意转变，成为金刚狼或者蜘蛛侠，那是漫画电影，科学做不到。"

"你对你的现状满意吗？"我想听到一些感性的想法，而非冰冷的学术解释。

然而，"满意"是一种情绪的表达，其中包含浓厚的情感倾向，这个词已经被白衣男摒弃了。白衣男这样回答我："精准与理性是我的生活，符合我的需求。"

"那么，未来呢？未来你打算怎样？"

"我是你的主刀大夫，"白衣男答非所问，"针对你的情况，我认为'全向置换'更为合适。"

"全向置换"即将肉身更换为全机械化身体，我的体重、体形以及处于亚健康状态的五脏六腑，在白衣男眼中，都没有任何保存价值。我倒并非舍不得这身臭皮囊，但"全向置换"的费用，恐怕我将全部资产都变卖成现金，再加上我的钓鱼工具、野营装备、所有藏书、藏酒和雪茄，也只凑得齐一半。

"其实用不着花这么多钱，你干吗不高瞻远瞩，什么身体都不要不就得了？"他们中的第二个，在手机中轻快地对我说。这一位明眸善睐，眼波流转，白皙的皮肤上流淌阳光，是那种看上几秒就会令人迷醉的女子。尽管我知道这仅仅是一张经过了深度修饰加工美化的图片，根本不存在这样的真实，但我仍可耻地产生了一些生理反应。

我不得不要求："请降低你的美度，我实在不是你该诱惑的对象。"

她十分美艳地笑，得意扬扬地模糊了脸庞。屏幕刷新后，她的样子已变：眼镜、发髻、涂抹了过多防晒霜的已经松弛的皮肤，稍有姿色而不具特点，是那种每天都在写字楼出没的标准办公室女郎。

"这样好多了。"我夸赞，"你是全意识'置换'，没有实体的感觉如何？"

她微笑，刚刚好露出8颗雪白的牙齿，欢快地说："好得不能再好。

没有大姨妈，没有减肥压力，不会长痘痘，不用担心男朋友变心。最关键是，不存在经济问题了，房奴车奴卡奴猫奴都与我绝缘了。我以前可是月光族，为了钱的事情没少压力。"

"全意识'置换'也不便宜。"

"还好还好，这是我花得最值的一笔钱。"她说，"我是意识生存，有线无线传输都可以，手机、平板电脑、台式电脑，甚至智能家电，有数据流的地方，我就可以安身。人们在网络中构建的一个个虚拟世界，都是我的家园，我在其中生活非常容易，随便随时随意都能找到真实玩家供养，给我金钱帮我购置装备。我没有负担，却能享受漫长的欢乐。"

"就没有一点遗憾的地方？比如，不能真实拥抱什么的。"

"拥抱？哈哈哈！"她失去礼貌地狂笑，"比如你吗？你的体重还有你身上那股子汗臭味道，拥抱还真是没有的好。"

我忍住结束谈话的冲动，毕竟约到她不容易。"最初你怎么适应的？我是说，没有实体只有意识，这种转化，有没有困难？"

她斩钉截铁地回答："没有！甚至比我想象的还容易，因为我到任何地方，变成任何形象，都几乎是随心所欲，就像你吹口哨样轻松。"

"你的家人、好友，再也无法和他们相处，不遗憾吗？"

"哦，谁说无法相处？我妈妈说现在的我好极了，以前她根本见不到我，现在我每天 12 个小时陪着她。她连打麻将的时候都会开着手机，让我给她出谋划策。"

"你每天有 12 个小时陪着妈妈？"我诧异。

"分身 too easy！"她说，"你真白痴。"

我不相信，她真的一点问题都没遇到。在我就要按退出键时，她忽然说："我当然不会告诉妈妈那是我，活在手机中的女儿这可能令她没法理解。而且我改变了外形。我只保留了我的声音，我的声音很美。"她停顿片刻，"妈妈问过我很多次知不知道张倩在哪里，我说不知道。我不能告诉她。"

信息女在"置换"前的真名叫张倩，她把祖产卖掉后走了，亲友不知道她去了虚拟世界。

见过这样的两个"置换"者后，我对他们中愿意见我的第三位，实在没有了兴趣。但杜老认为，我既然想了解"置换"的各种方式，这一个就必须见到。于是，我来到遥远的另一座城市，在前殖民地的街区中寻找，走入一栋据说是雪莱居住过的意大利样式房屋。那天我是唯一的拜访者，看门人毫不介意我在房屋中四处走动。然而我转悠了半天，都没有找到第三人的任何踪迹。我对能否见到他失去信心，便走到房后花园中。那里的树荫下，立着一尊大理石的意大利骑士雕塑。雕塑下有宽敞的石台，看上去凉爽舒服。于是我走过去坐下。

"MU4759？"有人叫，我急忙站起身，四下张望。花园里除了我，没有旁人。

"我在你头顶。"那声音柔和地说。我抬头，与意大利骑士的目光相遇。

"是你？！可你是石头！"我敲击骑士的身躯，这是云南大理的苍山白，上等汉白玉，手感细腻温润。

"我在石头里。哦，别看这骑士的头，我不在头部。"

"你的大脑不在头部。"我对着骑士说，外人看到一定会说我

155

精神病，"你把自己装在这石像中，还是有点不可思议。"

"这是很好的石像，我待着很舒服。"石中人说，"这石像很贵。"

"我是说，你成天到晚站在这里，不厌烦吗？"

"哦，哪儿会厌烦。好玩着呢！"石中人说，"我的意识感知通过大地，可以附着在任何生物的上面，我随着公园猫在整个街区游荡，我还跟过一只喜鹊在屋顶筑巢。我有时候会在门口的梧桐树上栖息，还曾经借助一只老鼠漫游它肮脏的地洞。"

"有意思吗，这些事情？"

"我觉得有意思。我以前都匆匆忙忙，忙着钩心斗角，尔虞我诈，为了赚钱丢掉了一切个人乐趣，从来没有停下脚步去观察人，观察自然。现在我有无穷时间可以做这些事情了。春夏秋冬，四季轮换，寒来暑往，雨雪风霜，大自然非常迷人。"

"那么人呢？你不和人类接触了吗？"

"我一直在人群中啊！人不也是大自然的一部分嘛！"

"我是说，你没法子和人互动，你能适应吗？还有你的家人呢？"

"家人都以为我已经车祸死亡。我亲自制造的车祸，比他们打算制造的水平高得多。"石中人的声音中有些倦怠，"现在我藏身这石像中，石像和房屋都已经捐献给了慈善基金会。我的家人除了一张证书什么都没有拿到。他们千方百计争取的我的财产，都被我用在这创造永生的石像上了。他们现在恨死我了，哈哈，哈哈哈哈。"

望着骑士，我突然觉得自己真的像个白痴，我的一切问题都那么无聊，我只好礼貌地问："我三心二意，不知道选择什么样的'置换'方式，你有什么可以建议的吗？"

石中人如果有表情，一定是那种高瞻远瞩状的。他回答道："过去属于死神，未来属于你自己。"

死神

生命究竟是什么？决定我成为我的，是我 210 斤的庞大身躯，还是这躯体上顶着的 6 斤多的头颅？我所追求的永生，是将这具躯体维护百年，还是抛却肉身，仅仅保留意识的存在？每每想到这个问题，我就想到白衣男的清心寡欲，无日无年；想到信息女的随心所欲，一日便是数百年；想到石中人的恬淡无为，数百年也不过一日。时间在他们身上都已消失，他们彻底摆脱了死亡的阴影，迟暮之年永远不会到来。

"他们三个只是'置换'后比较典型的个例而已。'置换'能提供的，是你想到而从不敢实践的人生理想。"杜老的话语随着我的思考总会在耳边回响，"你想要什么？"

我想要时间停住，却又希望它能流逝到我功成名就的那一天，再永远定格。那时我虽迟暮之年，却依然神志清醒，记忆健全，没有伤残的肢体和持久的病痛，没有口齿不清眼歪鼻斜，不会喘息着迈动沉重的双腿，跟在少年人身后喊："等等我！"……待我迟暮之年，我享受着退休后的清闲，时常会教训后生晚辈们："只有青壮年时代的勤劳工作，才能赢得保证晚年幸福的财富，获取终身自豪的荣耀！"原来我最终怕的不是衰老，而是衰老后的丧失尊严。外公宁愿用自杀来换取体面的葬礼，无非也是为了这"尊严"二字。

这么想来，自葬礼起盘桓在心头的沮丧之气就减少了许多。倒是越来越觉得白衣男、信息女、石中人之流，他们的生活离我的现实太过遥远，我若变成他们那样，不食人间烟火，太过寡淡无味。虽然儿子资质平庸，但好在心智正常，学习努力；老婆无甚姿色，但还算端庄贤惠，勤俭持家。职业嘛，只要我对现状不苛求，收入也足够周末野营钓鱼，辅以美食美酒。总之，有无数风花雪月等我享乐，我为何偏要耗尽家产去追求那所谓的长生不老？

我来到我的墓地上。国槐还在开花，黄绿的花瓣飘落一地，给墓体和墓碑浓厚的文艺气息。我的墓碑已经刻好，正面镶了我最得意的五寸免冠照，照片下刻了五个粗黑的宋体大字："李大壮在此"，背面是娟秀的楷体小字："他来了，他走了，一生好不潇洒。"原来想刻的那句话太长，石匠说刻上不好看。墓碑上只缺死亡年份。看着照片上眼角眉梢都是青春的快活的我，我决定中止我的"置换"计划，不做抵抗自然规律的逆天之事。

我从墓地出来，驱车进城，找了一家快餐店，打算吃饱喝足后，去向杜老解释我的决定。定金肯定损失了，但这和我可能损失的人生相比不算什么。我得设法将赔偿金降低一些，不能让杜老太占便宜。

我要了双份的红烧肉，端到座位上，一边吃一边算计。甜糯油润弹牙的肉块，在我唇间打转，那滋味真是妙不可言。就为了这个滋味，我也该留在人间。

突然，有四五个男女冲过来，猛然挥动手中的铁铲和棍棒，向正坐着喝水的一位妇女砸去。

我惊呆了。在铁铲和棍棒的起落中，那女人扑倒在地，额头和身体开始喷血。腥热的血气一下子就压倒了肉的香味，并四散开去。

我想站起来阻止，但我的腿在发抖，我的舌头在打结，我的手在哆嗦。挥动棍棒的大汉踩踏着女人，还向我看过来，目光凶狠毒辣……我尿裤子了。

警察赶来的时候我仍然端坐，我动弹不了。我整个人都抽搐在一起，恐惧到了极点。那女人已经被拍打成一团肉泥，根本没有救治的可能了。

我的手机响。杜老出现在屏幕上："你找我？你是决定了……"

"我决定了。"我哆嗦着说，像溺水的人捞着一根稻草。我目睹一场屠杀，却无力上前阻止，死亡瞬间就发生在我脚边。我拿什么消解生命的脆弱和无常。

置换

在一位额头生了月牙状肉瘤的律师主持下，我又和杜老签订了一系列的合同，包括苛刻到极点的保密守则，准备开始"置换"。我首先以海外工作为由告别了妻儿。其实我前往的城市就在附近。我选择了最接近人的"置换"形态，尽可能让自己外表上和自然人没有什么区别，但我的血肉骨骼却将更换。我的新躯体，自然界的病毒细菌侵害不了，人类的棍棒斧钺也伤害不了，如果有子弹穿过，肌肤会瞬间自愈。我不必食用人类的食物，我将吸收阳光，回收身体动能，我的能量循环系统精确而高效。更重要的是，我有了一个高效工作的大脑，不会困倦，不会被风花雪月诱惑，24 小时在线接受信息并加以处理。我将告别作为人的种种享乐，但我却会得到商业上的成功和无穷财富。

"在我有生之年，"杜老向我保证，"我会负责提高你的生存技能，并赠送你价值不菲的二次'置换'。"

他必须保证！因为我把所有的财产都以抵押方式付给了他，而且我未来收入的20%也将归他所有。但这仍然不足以购买"置换"的完全成功，我只好将我人类的躯体——器官、皮肤、神经、骨骼、血液，甚至眼角膜都明码标价，通过黑市出售给渴求它们的自然人手中。这些物件从来供不应求，很快就被抢购一空。借助我的身体，一个车祸丧失双腿的老人站了起来，一个天生失明的女人看到了她的孩子，一个肾衰竭的学生得以继续学业……我也因此筹集到了足够的资金，正式开始了我的"置换"工程。

我被无数次推上手术台，服用无数药物，很多次我担心麻醉后自己再也无法清醒。我恨白衣男任何时候都冷静的面孔，更恨杜老在手术台前镇定自若的指挥。在他们眼里，我没有尊严，只是一个乞求永生的乞丐。我有些明白"置换"成功的低概率原因是什么了，要想改造自己，仅仅有金钱和想法还不行，还要有一种执念支撑着，任何时刻都不能动摇的对"永生"的信仰。

我坚信我的目标可以达到，因为通过那一尺厚的合同我已经和杜老在经济上紧紧联系在了一起，他需要我的成功。

终于，我害怕又期待的那天来临了。我的全部意识，包括记忆和感知，都被彻底转移到了新的大脑中。我有几分钟的时间从外部观察原来的自己，这是第一次也是最后一次的直接观察——我平躺在手术台上，庞大的躯体依然温热，看上去仍能随时站起，谈笑风生。

"这真不可思议。"我对杜老说，"200多斤的这一团肉，它是怎样行动和思考的呢？"

杜老不和我啰唆，他命令护士带走我，以便马上开始对我的肉身进行切割拆解，打包出售。

"置换"后的我相貌与原来的我并无二致，但体重减轻了80斤。我用了三个月时间学习控制新的身体，让肢体与思维协调同步。我能够像正常人一样走路后，便被送进石中人的意大利式房子，开始适应没有食物和睡眠却有充分感知能力的生活。杜老以前从不让"置换"者们彼此接触，现在为我破例，并非出自好心，而是为了加大我"置换"成功的概率。

白衣男一直对我进行监护，确保我的机械身体运转自如。信息女则教我如何深入数据的海洋寻找快乐。偶然，她会在手机中现身，与我和石中人一起阅读雪莱、拜伦，或者争辩玛丽创造弗兰克斯坦究竟是为了谁。数百年前的这些文人，以他们的思想永生。像我这种没有内涵的人，就只好追求形式上的不朽了。

一年半后，我已经能够灵活自如地操纵我的机械身体，神态表情都与本来的我没有什么两样，也坚信自己可以返回人间。于是，在和杜老又签订了安全备忘录后，我回到了老婆孩子身边。我的样子，竟然把孩子吓哭了，老婆更是满脸疑色。我告诉老婆，西餐改变了我对饮食的热爱，辟谷和针灸拯救了我的体重，我已脱胎换骨再生为人。老婆听我的长篇解释就好像在听出轨男人诡辩，满脸不屑一顾的表情。

家人勉强接受了我，但我的狗不肯妥协。这忠诚的家伙似乎识破我的真面目，完全不理会我的宠爱，整日冲我龇牙嚎叫甚至咆哮，有一天还试图袭击我。我只好请人杀了它。老狗倒下去的时候，它曾经善良的眼睛中充满仇恨。老婆和孩子把狗葬了，我则在家中整理出许多狗的照片。老婆回来的时候，我正在一张张烧掉那些照片。

老婆看着我，目光里没有了温度。"非得杀狗不可吗？"她问。

"是它先要杀我。我没办法。它疯了。疯狗对我们大家都是危险。"我振振有词。

老婆没有再问什么，但从此后她与我疏远了，孩子更是住校，一个月也见不上一回。在永生的时间长河中，家人都只是小小的浪花，我想到未来将主持他们的葬礼，内心竟然没有任何哀伤。

为了将我的财产逐渐交给杜老，我告诉老婆，我的公司运作不善，海外项目损失惨重，我需要动用家产赔偿。但为了还能保障她和孩子的生活，我把外公留下的宅子和土地赠与她们，并且和她离婚。

老婆没有和我纠缠，默默地接受了我的安排。带孩子搬出去的那天，老婆忽然对我说："大壮，狗狗攻击你，是因为它觉得你越来越不像人了。我也这么认为。"

我笑问："那你觉得我像什么？"

老婆说："我不知道。我只希望你别做坏事。"

追求永生算不上坏事，甚至就不是个事，它存在于人类的遗传基因中，是生命永恒的主题，时刻都在激励人类去探究生命的尽头。

"哦，你想哪儿去了。我会尽力照顾好你和孩子。"我信誓旦旦，"虽然离婚，我们还是亲人啊！"

我从此就和老婆孩子分开，这娘俩卖掉外公的宅子和土地后去了边疆，在那里开拓土地，建设新城。

多年以后，我来到这座新城，在医院中探视垂死的老婆。我的孩子在几年前以身殉职，他的孩子，我的孙子侍奉在奶奶床前，看到我便转身离开，连一声"爷爷"都不肯叫。

老婆说："这么多年过去了，你好像就只老了一点点。"

我说："现在生活好了啊，人老得慢。"

老婆笑："得了，你在做什么，你追求什么，其实我都知道。"

我吃惊，多年前老狗袭击我的情景突然再现，我本能地握紧了拳头。

老婆说："狗死后我用了一点时间和精力调查。我有一阵子还很纠结，一个人为了永生，怎么就可以变得无情无义。后来我明白了，你追求不死，就只能极度自私。但我和孩子做不到只为自己活着，我们更愿意用毕生精力创造对别人有价值的东西。这座城市，我有好几千学生，我把他们带进知识的大门，教会他们如何学习，如何做人；而我的孩子，他抓捕罪犯，维护治安，用生命捍卫城市的安宁。我们会死，但我们死得其所。而你这样的永生，"老婆的神色无比鄙夷，"为了永生的永生，毫无意义。"

永生

意义？抵抗死亡就是意义所在。我从没有浪费一分一秒的时间在其他事情上。我对得起自己，我已成为"置换"者中的成功榜样。我用头脑为杜老赚钱，以换取他对我身体不断进行的软件升级和硬件维护，而很多"置换"者再也无力支付维护费用，倒在了通往永生的道路上。

时光荏苒，转眼我已经开始领取政府的"百岁老人补贴"，此刻我的心态已经彻底成熟，终于不再留恋人形，进行了二次"置换"。

白衣男为我主持了手术,这手术对他很简单。二十分钟后,我的人造大脑就被移走了,第二个我在手术台上渐渐变成"僵尸"。这具躯体毫无用处,只能赶紧火化了事。

在一个微雨的下午,我和白衣男以李大壮好友的身份主持了李大壮的葬礼,将他的骨灰盒埋入墓穴。出席葬礼的只有我们两个。李大壮的所有直系亲属,都已经先他而去,长眠地下了。

现在终于可以为李大壮的墓碑填上死亡时间。李大壮是个风趣幽默可以掌控自己命运的人,他顽强地活到了114岁,终于在比大多数人都活得长的岁数欣然离世。

我和白衣男绕到另一片墓区,杜老的坟墓位于此处最僻静偏远之地。墓体很小,墓碑上除了杜老的名字、照片和生卒年月,别无它字。

"我始终难以相信他没有'置换'。"我感慨并且困惑。

"他在生命最后二十年享受着你们创造的财富,已经心满意足,不愿意再为'置换'者的将来负责了。永生毕竟只是少数人享受的奢侈品。"白衣男说。

我们站立了好一会儿,直到雨大起来。

"走了。"我说。

我的附肢立刻组合伸展,变成四组旋翼。我缓缓上升。在自然人看来,我应该是一台无人旋翼观察设备。

白衣男仰头,目送我远离,嘴唇动了动,似乎在说:"再见!"我想他的意思是"再也不见"。

越往上飞,雨越小了。云层上面,是晴朗的碧空。

前路还无比漫长。

待我迟暮之年,不知那是何年。

吴岩 ──────● 打印一个新地球

人事猛于虎

一

寒冷的深夜。你蜷缩在被窝中，不想做任何事情。

除非，紧张而急促的电话铃把你吵醒。

我不太喜欢夜间接任何工作上的电话，特别是在北京初暖还寒的春天，雾气那么浓重。PM2.5会给人带去多大伤害，还不可知。我做医生的妹妹曾经告诉我，她的研究表明，每隔6～7年，PM2.5的含量就会达到一个峰值。而此后的6～7年就是城市中肺癌发病的尖峰时刻。这样的天气，无论是情感还是理智，都不可能使我离开被窝、离开家门。

但是，电话还是顽固地又响了起来。

我瞥了一眼号码，有一种似曾相识又模糊不清的感觉。是接还是不接？我翻看了一下床头那个以塔罗牌为画面的日历。因为，直觉告诉我这个电话将改变我对生活的认识，甚至可能改变我一生的走向。好吧，如果它继续响第三次。

当电话第三次顽强地响起来的时候，我便被卷入了这一场根本不应该卷入的事件当中。

我放下电话，穿好衣服，打开门。北京的深夜正张着神秘的大口想把我彻底吞噬。

二

我在城市边缘的一个远离居民区的上岛咖啡馆见到了他。

打电话的人跟我有一面之交。早在 15 年前，我们就曾在一个有关高校管理培训班上见过面。我那时候还在管理学院教授教育领导学，而他是一所不太出名的高校的副校长，在我这里培训。我仿佛记得事后他还请我去他的学校，给创意设计学院做过一次报告。那时候的他，显得风流倜傥。而今天却判若两人。他身上看起来不那么规整，有点佝偻。我甚至隐隐地看到衣服上有吐了却没清理干净的痕迹。15 年的时光，好像磨碎了他的面孔，在原本白皙的皮肤上刻蚀出深深的皱纹。我不知道为什么上岛咖啡的人会让他进来。他看起来不应该出现在这种充满布尔乔亚风气的地方。我的一个直觉是，他变得比过去要自信许多，但却因为受到了严重打击成为了惊弓之鸟。桌子上摆着一杯味道恶劣的鸡尾酒，酒杯被粗暴地移动过，洒出一大滩。

见我进到他所在的小小隔间，他猛地跃起飞快地奔到我的身边，贴近我的耳朵，紧张而激动地说："你终于来了，我的时间没有多少了。门外没有警察或警车吧？"

我摇头表示确实没有。

"没有就好，没有就好。"

他把我拉回到自己的小小桌子旁边，用眼睛直盯着我："你还能认出我对吧？"

我点了点头。"高士兵！"我甚至记得他的名字。

"嘘！"他制止住我大声讲话的意图："我的时间已经不多了。"

在这样的夜晚，碰到这样的事情，真是极大地勾起了我的好奇心。人生到底有多少种神秘？他会给我讲些怎样的故事？

三

我要了一杯咖啡，知道这个夜晚将彻夜无眠。他以怀疑的眼光盯住送咖啡的姑娘，而那个姑娘则对我们看都不看。我想这对他起到一些稳定作用。

"高校长，您这么晚把我叫来……"

"嘘！不要出声。我时间有限。你只是听我说。不到万不得已不要插嘴。我的政治生命岌岌可危，到底会受到怎样的处置，还很难说。你还记得我们 15 年前的那次见面吗？我邀请您来学校给我们的创意学院教师做报告的那次？"

我点了点头。

"好吧，我当时跟您说谎了。我们参加听讲座的，不是创意设计学院的教师。我们根本没有创意设计专业。

"事情是从 1998 年开始的。那个秋天，教育部颁布了他们的 985 计划。要在 21 世纪，用 1998 年国民生产总值的 5% 重点资助 10 所高等学校，让这 10 所学校迅速成为世界顶尖大学……"

我点头表示同意："我甚至参与过相关项目的测算和报告的研讨。虽然我自己很怀疑这种通过资金打造世界一流名校的做法是否真的奏效，但国家已经下决心要做这个工作，我们只是打打下手。"

　　"我就知道您是计划的参与者。我记得在那次培训中您谈到过一点点。长话短说，我们请您去为我们的主要领导干部讲座，就是为了全面了解这个计划将给我们这些边缘的、三流以下的学校带去怎样的影响。所以那天我们的问题都集中在没有资格进入这些国家项目的院校该怎样生存上。

　　"您的整个谈话让我们的团队非常失望。要知道我们这种基础非常薄弱的学校，能在这个世界上坚持存活下来，其实是凭借我们对教育的信念。但当时的教育体制看着像在发疯，他们不是采用循序渐进的方式引导教育，慢慢实现人际公平，而是采用揠苗助长的方式拔尖，完全不管我们这些正在底层从事踏踏实实教育工作的学校的死活。我记得我们曾经再三逼问您最坏的结果会是怎样，您说，大概在 10 年之内，一定会将排列在学校榜下端的这些院校进行大幅度清理和关停。这是管理学的效率原则决定的，您当时振振有词地说。"

　　我不知道他的这些话是在指责我，还是纯属一种中性的描述。但我似乎感觉，他要说的事情确实跟我参与过的某个改革项目相关。

　　"那天听过您讲演的人都忧心忡忡。吴老师，我们不想被关停，我们的教师多数在 40 ～ 45 岁的年龄，上有老下有小，此时如果他们失业，进入其他更高院校任职的可能性几乎为零。而转移第二职业的难度您是知道的，这等于把我们多数教师推向火坑。

　　"在您离开我们学校之后的半年里，我们四处奔走，一方面想弄清您说的关停学校的消息是否属实，另一方面也希望如果真发生这样的事情，我们能未雨绸缪先做好保全自己的准备。我们想到的第一个办法就是跟其他学校联合。如果我们能被更好的、不会被取消的院校收编，将免于厄运。实在不行，如果能跟一些较好的同等水平的院校合并，增大规模，也许有挽救的余地。但上述两个方法对我们的一把手校长书记来说，并非什么好事。合并可能丢掉他们现有的官职，因此虽然我们在四处活动，但学校并不真正对这些选择表示支持或满意。再说，中国的很多事情都是长官意志，没有上级意图，根本无法独自按照设想去合并。退一步说，即便我们找到合作单位，他们可能有人员重新筛选的要求。再有，如果同样的三流院校凑在一起，合并之后就能逃脱被驱逐的命运吗？"

我讲座中普通的一句话，曾经让他们产生了这么大的担忧，真让我感到有点吃不消。但这毕竟已经是过去很多年的事情了。从1998年到今天，差不多15年过去了。15年就算犯罪，也该脱离追诉期了吧？我重新集中起注意力听他讲话。

"吴老师您做教育领导学研究，比任何人对我们都了解。在中国当个校长，真的是让他坐在火炉子上方1米的地方活活地烧烤。用完就扔的干部体制，会让人在任期中尽量使用权力。现在有一句话说要把权力关进笼子，但体制不改，有权不用过期作废，谁会不明白其中的道理？咱们教育口就算是比较不错的行业了。我们中的许多人都不是为权力来工作的，但我不得不说，在中国这种疯抢资源的现实中，失去权力可能终生掉队。我们的校长对这个未来看得特别清楚，与其等待着被关停彻底失去自由，不如我们搏一把，找到一个能延缓生命终止的方法，就算损失一些权力，也是值得的。为此，他很快就私下里责成我组织一个精干的小组，研讨全方位应对关停的策略。

"你还从来没听说过一所在体制内的学校，面对上级可能颁布的新的管理举措去建立应对小组的情况吧？其实这种事情天天在发生。但能把这样的小组相对独立出来，给他们资源和一定权力，让他们尽可能发挥作用，我们校长真的是高瞻远瞩。我跟您一样对管理学充满探索的兴趣，且跟校长一心一意，因此被定为小组牵头。我们从国家的短期和长远发展趋势方面做了三个秘密报告。我们发现，无论是短期还是长期发展，我们这样的学校都会在未来的所谓发展大潮中被阉割后剿灭。

"您讲座之后的第三个月我们领导班子再度开了个碰头会。我们的校长跟书记不合，校长强力支持我寻找自主方案，而书记则建立了另一个团队希望能走上层关系，为学校的未来（恐怕最终将只有他自己的未来）寻找出路。

"在会上，我把一些国外薄弱院校如何自救的经验做了简单汇报。我的想法是，这些经验虽然来自他种文化，但对我们的未雨绸缪转型和应对未来很有参考价值，说实话，我跟校长都认为，给所有教师保住职位确实是一个新的、可能发展自己的机会。

"讲起这些，说难也难，说简单也简单。想要让自己不被吃掉，一个最重要的方法是要做成世界上唯一的、其他院校不可替代的学院！你所具有的特性或能力，是其他学校所不具备且为社会有益的，这是所有大学或科研院所生存的基本法则。但我们那时候没有这种唯一性，我们在科研上不突出，教出来的学生又跟当前的热点职业毫不沾边。这样的状况不可能保证我们不被撤销。想要自救，只有一个办法，在今后的 10 年中把自己变成一个独特、唯一、对社会有用的学校。幸好您告知我们还有 10 年时间。"

上岛咖啡温暖的房间，让我忘却了刚刚走过夜路的寒冷。而高士兵副校长所讲的这套有关高校拯救的管理学原理，虽然没有什么出处，但也合乎逻辑。我对整个事情充满了兴趣，急不可待地想知道他们怎么开始了 10 年创建独特高校的道路，而这一切又是怎么让他感到了今日如此巨大的威胁。

难道他们的能力建设最终走向了邪路？

他们最终建成了一所对社会有害的学府？

四

高士兵的故事相当冗长。但自救的整个过程充满了戏剧性，确实能够进入教育管理学的经典案例选。

"从自救的开始我就已经认识到，对我们来讲，跟随在那些有名的学校后面，人云亦云地搞专业和人才规划是不行的。我们的资源有限，永远赶不上别人的发展。我们只能寻找自己最优势的部分，让这部分得到最大程度发展或一种迅猛膨胀。为此，我们将建校至今所聘用的所有教职工都认真进行了逐一分析，我们相信，即便在我们这种三流学校，也会有一些在某个领域具有出类拔萃可能性的人，我们要找到他们并给予特别孵化。

"这件事情说来容易做起来困难。我们是个粉碎'四人帮'之后才建立起的学校，至今只有二三十年历史。我们的主要科系是工程，当时是为了满足北京市不断发展的工业需求，为了培养北京建设急需的工程技术人员。在这样的目标指引下，我们能吸引到的人才是相当有限的。

"三个月下来，我们从压阵的工科六院系勉强发现了 4 个人。从为此配套的理科和文科的基础教学科系发现的人则只有 3 个。

"7真是一个奇妙的数字。你记得1956年乔治·米勒那篇有关7的文章吗？当时这篇论文轰动心理学界。米勒的研究认为，7是自然界中最神奇的数字。人的感觉系统的信息处理极限就在7正副2这个数量上。换言之，我们的大脑无法处理超过九个模块的内容。多余的部分必须放弃。

　　"后来人们还发现，群体有效性的极限也跟这个相类似。即如果少于7加减2，可能没有足够的搭配性，信息量和相互的思维激荡也不足。如果多于这个数量，则显得人浮于事，或立刻会分裂成一些小的部分。而我们找到的，恰好是7个人。真是上天有眼。

　　"啊，我们找到了怎样的7个人啊，你简直无法明白。"他双眼眯缝着，长长地出了一口气。好像终于有了一个转机，终于可以休息一下似的。

　　"但很快，我就知道这其实只是整个事件的第一步。

　　"认知天才，跟我们过去想象得完全不同。虽然统计学家早就指出，天才在我们生活中只是非常小的一个群落，但事实上天才比我们想象得要多许多。有一种社会压抑理论认为，许多天才被社会规范所压制，而解除这些压制的方法就是取消社会规范。我们对这个观点做了一些更改，我们认为，虽然社会规范对人的天性有所压制，但一些蛛丝马迹总能从各种侧面透露出来。

　　"比如档案中人的简历。吴老师，你读过多少人的简历？简历中充满了学问。我现在只要一看简历，就立刻能把一个人归入三个不同的亚类型中。简历中到处错别字或语句不通，这种人不用细看，没有最基本的逻辑和文化规范。不太可能是我们所需要的天才。简历中的一切都中规中矩，到某个年龄上学，到某个年龄结婚，到某个年龄升职，到某个年龄生产，这样的人也没太大希望。他们可能是社会适应者，而不是社会变革者。唯有第三类人，他们的简历中逻辑正常，但却充满了一些矛盾或反常的信息，这样的人尤其值得重视。像我们常说的早慧，这是一种在人生的前半个阶段走过了其他人后半个阶段甚至全部阶段的人。他们是我们世界中的天才。你可能会提到《伤仲永》的例子。但王安石伤的是仲永后半部分没有发展或回到社会适应者的角色，并不反对他前半部分人生处于天才状态。在我们的简历分析中，数学家陈戈文就属于简历有严重问题的人。他是中国科大少年班毕业且转入数学系学习的学生，但不到 2 年就被除名。这场变故断送了他的未来发展之路，让他匆匆回到老家北京，而他被除名的原因你猜是什么？"

我耸耸肩膀表示对此根本无知。

"他用数学方法测算六合彩的获奖概率且十测九中！他由于参与不同性质的赌博而被开除。幸好，他的家庭在北京有很多关系，所以才趁当时不那么规范的用人制度进入了我们学校。他的脾气很大，常常对有些死脑筋的学生出言不逊。我们询问过许多上他课的学生，据说他的到来会让一些学生唯恐躲避不及。但从我们的角度来看，他是个早期夭折的天才案例。虽然在本科的两年中就发表过三篇相当具有启发性的论文，但道德污点让他背上了社会压力。只有少数人，那些对数学特别具有感受力的学生说，这个老师的到来能让教室充满深邃的灵光。这说明什么？我想他数学上确实有天才。"

"你们不会让他通过赌博去寻找学院的未来吧？"这么半天，我第一次感到忍无可忍。

"您真的是非常敏锐。我们当时应该更多咨询您才对。让我继续刚才的话题。在发现陈戈文仍然在概率方面有着跟其他人不同的数学感觉的时候，我们就期待为他寻找一个回到科研领域且能继续前进的道路。如果说对六合彩结果的猜想是未来预测的一种，那么未来学领域中如此多的领域，比如天气预报、空气污染预报甚至地震预报，难道就没有他所能参与的工作吗？

"我至今仍然记得我跟他讨论未来发展的那次谈话。我是直截了当的。我告诉他我们整个学校都处于危机之中。而要拯救这种危机，我们必须在学科发展上加强力度，要做到不是简单的雄踞联合大学的诸多分校前列，而是要能在全国甚至全世界领先。

"'你疯了！'他回答我。有些学者的政治敏锐性比我们这些搞管理的人强许多倍。他当场就回答说，他不会帮我们任何忙。因为我们都是为了自己，为了保住自己的位置。"

"您猜我当时说的什么？我现在还能清楚记得，我说：我不跟你争这些。政治的东西你我都是门外汉。但我们都是搞业务出身。如果一个领导突然站在我身后说，提你的条件吧，任何条件我都答应你。那时候我决不会像你这么讲话。

"他停下来看了我很久，然后好像明白了我的意思。

"'好吧，就算太阳从西面出来。我在这里教书已经腻透了。我跟傻瓜泡在一起的时间已经太久了，我确实想做点新的玩意出来。'

"'你说吧？你需要什么条件？'

"'我已经不太做概率研究了。我转了方向。当前，我最感兴趣的是用电脑证明数学定理。'

"'那么，你是需要买更好的电脑？'

"'只是需要更好的软件。我们的硬件跟国外的不相上下，但专业软件不行。你知道中科院的吴文俊吗？他这几年做了大量的机器证明定理的工作。我其实比他的方法更好，更重要的是，我发现

这个工作能把许多不同的内容联系起来。'

"'买软件大致要多少钱?'

"'我想要100万人民币。'

……

"在2000年前后,100万人民币等于多少您是知道的。"

高士兵抬起眼睛看着我:"我们没有那么多钱给他。但我们必须找到这些钱!"

五

"吴老师,我尊敬您是从事教育领导力研究的学者。但我想您的实际经验很少。抱歉请您讲座前我找您要过简历,知道您心理学系毕业就在大学教授管理学。现实生活中的管理跟您所教授的那种,可能完全不同。现实永远不会按照教科书一样按照规定情节发展,但有时候,它又超越教科书所展示的底线。

"让我们回到那个轰轰烈烈的拯救学校的运动,回到我们把全校师生动员起来的日子,我们克服了人员之间的矛盾,共同为生存而搏击,主动出招,在应对难题过程中变得更加具有战斗力。虽然在坚持自救的校长和试图寻找上级支持的书记之间仍然存在着矛盾,但大家都知道,只有学校自身的完善,自救和拯救才能到来。因此,各种矛盾在这样的竞争激烈时刻全面减弱了,书记虽然仍然指点着他自己的团队做着外部努力,但也乐于支持内部改造的诸种活动。

"在接下来的几个月中,领导班子分解成几个不同的小组。我作为负责人事和科研工作的副校长，自然主要领导人事处和科研处。我把两个处室的办公相互协调，对选定的七名教师进行了全面的分析了解，并期待给他们创造最好的条件，让他们的创新力全部发挥出来。

"吴老师，我是个中文系出身的教师。在这样的工科学校中只是讲讲语言和写作的公共课，能当上副校长，纯粹得益于我多年不断地丰富自己。终身学习是这个时代的人生存的必要能力。您写作的有关教育领导的书我全都读过，还有世界各大学校长年会的一些访谈和发言，我也常常认真领会。不但如此，由于主管科研和人事，我还会阅读比尔·盖茨、乔布斯等人的传记，阅读贝尔实验室、罗马俱乐部等组织的发展历程。对科研工作者的一些专门访谈，我也会抽时间关注。

"我记得杨振宁仍然在美国长岛的时候，曾经作为纽约大学石溪分校教授接受过电视台访问，他当时说他做的每一项创造性工作，其实核心的时间都不会超过三天！一旦你对某个题目感兴趣，有了思路，在三天中灵感将带着你走到最远的地方。在三天里他会形成一个问题的答案，并对这种推测性的答案进行计算验证。科学工作者很相信他们的直觉，而他们的估算能力也很强，三天时间便能看到一个路径是否光明。如果三天做不出成果或被验证为彻底错误，他会转到其他思路。其实，在管理学中也有所谓的 80/20 原则。人们做得最有价值的事情中的 80%，是用 20% 的时间完成的。现在，我们有信心在一个较短的时间中为我们选定的创新专家创造出最好的工作条件。我们通过快速访谈、接触，甚至简单的心理测验给他们寻找最合适的助手，让他们的学术活力能恰到好处地传达给同事甚至学生。通过这样的方法，我们期待能像滚雪球一样地把团队带大。举个例子。在工程制造专业我们给一位专家选定量子力学、扫描成

像、材料科学等三个不同方向的助手，这使他多年期待完成的一项
突破性的立体成型技术很快实现。您知道，所谓立体成型，就是今
天所说的 3D 打印。这个技术到新世纪的第二个 10 年才逐渐成熟。
而我们至少比国际先进水平要早上 10 年。我们的另一个教师，是马
哲教研室的。你不能相信吧，这个搞马克思主义哲学的人竟然能成
为我们未来竞争力的首选带头人之一。天体物理行当的人多数其实
是数学家，只有他们在纸上分析出宇宙的隐秘才转而去寻找观测数
据进行证明。选定他到我们这个大学来教书，原因是多方面的，他
是强调素质教育运动的时候被请来教天体物理的，但由于我们这个
学校是工科为主，多数学生只选跟未来工作接近的课程，他常年工
作量不满，只好靠开设自然辩证法必修课为生。不过，在业余时间里，
他仍然醉心白洞和蛀洞物理的研究且在学界小有名气，只是过去囿
于我们学校的工科性质，他的成就很少被广泛认知。现在，在彻底
放开不再管上级怎么要求我们的时候，我们觉得只要能给他们条件，
说不定真能出现具有世界意义的成果。

"以科研带动学校的发展，不是说我们放弃对学生的培养。教
学仍然是高校教师的主业，但我们必须改革课程。除了基础课以外，
我们把大量的专业课从大课堂讲授改为研究型的课题小组课堂。学
校里 WORKSHOP（工作坊）和 SEMINAR（讨论课）流行。学生
成长也变得出奇的迅速。一些围绕带头人的本科学生，竟然逐渐进
入到他们的团队之中，成了科研的得力助手甚至学术主力，这在过
去简直不可想象。

"书记在外面拉关系的团队四处碰壁，为了掩盖他的窘态，他
转而把团队从上级主管单位转向企业，争取横向联合和土地创收，
这倒为我们在同类大学中获取了更多资源。不瞒您说，我们真的搞

到了数学家要求的 100 万人民币。由于只有他才真正懂得购买什么样的软件，所以，我们把用钱的决策权也交给了他。

"但这一切，却为我们酿成了大祸。"

六

"我们真的在短期内给他攒足了所需要的 100 万人民币。这些钱是我们通过一些项目置换获得的。例如，我们把学校内部相当一个篮球场的一片地跟相关企业合作开发，企业投入进行楼房改建和未来使用，而我们会在改建的楼房中占据三层。整个楼房的产权将在 50 年之后回归学校，无论那时候楼房在还是不在。这种土地置换的方法在多数学校都在采用。前提是不会影响到正常教学秩序和未来发展。跟企业的合作主要是办学跟生产科研上的一体化。我们的学生到他们那里实习，他们的一些产品开发项目给我们设计。一些大企业真的很有钱，我们从他们的支持中获益匪浅。

"总而言之，我们用土地租让和校企结合的方式获得的部分资金给每一个潜力教师都进行了投入。对天体物理方向，我们给他提供了最好的电脑系统，还相应改变了办公条件。冠冕堂皇地讲就算我们投入基础研究。但知道如何办学的人都会说，你们的基础难道要从宇宙大爆炸开始？对立体成型方向，我们考虑应该帮助他做更先进的立体成型机。我们发现国外的研究都集中在如何处理塑料、金属等现有材料，设法将他们固塑成型。但我们的注意力集中在如何通过远程方式进行一种超距离无机打印。换言之，我们想制作出像电影《星舰迷航》那种物质传递机。这项工作投入了将近1000万。当然是在2000年前后的价值币值和通货膨胀率下的投入。最后，对电脑数学定理的计算，按照跟教师的协商，决定真给他100万用于软件购买。

"但正是这100万，让我们陷入了绝境。

"我至今仍然记得那个11月的晚上，天跟今天一样寒冷。怎么我们的苦难都发生在这种寒冷交替的时代？我收到会计的一个紧急电话。'高校长吗？您在哪里？您快点来吧！我们账户上的那100万已经被人在澳门提现了！'

"'澳门？'

"我的脑子'轰'的一下子。

"对于多数中国人来讲，澳门相当于美国的拉斯维加斯、大西洋城、雷诺，是欧洲的摩纳哥，那里是博彩业的中心谁都知道。我们的钱在澳门被提现，说明我们的人正在澳门。而几天之前，陈戈文确实办好了特区证和港澳台通行证，要到香港去购买他所需要的软件。

"一切的一切，都在那一刻发生了。

"我们的推论顺理成章。我们派了一个曾经因为赌博而被开除学籍的人。他的赌博是因为他大肆在赌场应用概率统计。但是，谁都知道，再好的赌徒也有失手。一朝你陷入其中，早晚会获得应有的回报。

"眩晕。

"为了拯救仍然在生死线上苦苦挣扎着的500多名教师和学校的未来，我们孤注一掷地寻找着天才，我们的目标只是期待自己的学校建设成为一个没人能取代的特别的教育机构。到今天为止，我们的路子都是对的。我们至少让整个学校像一个新的有机体一样运转了起来。而且，多数教师都转而对我们的努力抱起期待。我们的书记甚至在设想当前的状况可能是他未来提升的敲门砖这样的事情。

"但是，来自澳门的消息给了我当头一棒。

"在那个寒冷的晚上，我只有一个念头，要立刻赶到澳门，要在他还没来得及出手下注之前阻止他，取回我们错误的投注，取回本希望通向未来的资产。"

七

"温暖的南国。天空中下着细雨。

"空气中有某种甜腻的滋味。

"澳门是个纸醉金迷的地方吗？

"至少对许多中国人来讲，这里充满了神秘。谎言和想象力包围着这座城市，也挑逗着人们的探索欲望。

"这时候我们才发现，陈戈文从到达特区就没再打开过手提电话。我们不知道他是哪一天从香港转向澳门的，也不知道他在这里待了几天。

"但我们相信，只要一个赌场一个赌场地寻找，我们一定会找到他。

"好在澳门的赌场本来就不多，如果是拉斯维加斯，那我们的希望将彻底渺茫。我和亲自出马的人事处与财经处主任三个人决定从大到小地逐个搜索。于是，威尼斯人成了我们第一个全面搜索的目标。傍晚，度过了白天冷落期的巨型赌场中的投机气候正在升温。我们进入金碧辉煌的大厅，开始四处逡巡。

"我一直在想，100万这么个资本量，对学校发展来讲不算多，但对一个赌徒来讲，到底算多算少呢？这100万元能让他进入大户室吗？我知道每天来自东南亚甚至其他大洲的赌徒的单笔投注都大大超过这个数字。但手拿100万的人会去一下下地拉动老虎机吗？这么做结果的出现是否太过缓慢？如果上述两个可能都不会出现，那么他一定是选择中等赌注的赌法，而且，一定要特别能够符合概率原理。

"之所以仍然抱着微弱的信心，相信自己能够找到这个卷款潜逃者，是因为我相信作为数学家的陈戈文在赌博中一定不是把利益获取当成最重要的目标。少年班多年来培养出的那种争强好胜、想证明自己存在的冲动才是他的主导意识。由于多年来他一直被驱逐于数学科研之外，他的生活中也没有任何可以炫耀的地方，那赌场上的某种胜利，就将成为他存在的自我证明。

"出于这样的考虑，我们尽量在公平性和概率论原理作用较强的赌台周围转悠。而那些纯粹没有理性的游戏，我们会一带而过。

"在赌场中不能打手机。这让我们先分散后集合，发现之后进行集解的想法落空。可能是为了防止作弊，无线发射类的通信系统在这里都显得不好使用。但三个人绑定一起去找又显得效率太低，殊不知每一分钟，我们的100万人民币都有损失殆尽的危险。如果他已经把所有这些出手，我们的资产已经放空，自然没什么可说，但如果恰恰是我们到来之后没有赶上他的决策，或者眼看着他在我们身边把这些资金彻底挥霍，那真是我们的悲剧。

"吴老师，您别笑话我。我是搞中文专业的，对数学这些一窍不通。但我看过一些有关赌博的电影。那些电影自然都很夸张，不过我能记得其中一些细节。我记得有一部电影中写一群数学家去赌，他们除了赌马，还去玩 21 点。所以我感觉牌戏应该是一个值得调查的重点。为此我们分散各个赌场去寻找加勒比扑克或 21 点聚集的台子，然后每 30 分钟大家都回到同一个中心地带交换情况。幸好澳门不大，赌场也相对集中。

"但我们跑遍了所有赌场，还是没有看到他的踪影。到晚上九点，赌场中的灯火变得更加辉煌。穿过如潮的人流，我们再度聚集在最大的威尼斯人赌场，垂头丧气。

"陈戈文到底在哪里呢？

"一种可能，是我们没有认真看每一个角落。毕竟在这种金碧辉煌、金钱和戏剧性的电脑游戏、音乐混合的地方，想要集中注意力寻找一个人不是特别容易。再有一种可能是，我们的路径还是不对。

"经过一天多的紧张、愤怒之后，我们的心情都开始有所冷静。我们再度聚焦到陈戈文的个性和他所从事的数学研究上。也许，我们都错了。不应该放弃那些简单的老虎机和押大押小游戏，因为那些游戏才是概率真正起着重大作用的地方，反而这些扑克牌戏中充满了数学无法预测的人的狡诈，他不太可能这么傻去面对自己的弱点。

"想到这些，我们再度重新开始全盘搜索，不放过每一个概率可能被应用的赌台的死角。

"我们一直在考虑陈戈文可能穿怎样的服装。他会西装革履、手提皮箱吗？这种装束是否显得太滑稽？除非他也跟我一样看多了香港电影或美国电影。那么，他会穿得跟在学校中一样邋遢且破旧吗？那种不修边幅的状态会让他感到更加自如吗？但这样的话赌场的保安会立刻让他出去。

"您有这种感觉吗，吴老师？在一些非常紧张焦虑的场合，你会突然想到非常幽远漫长的东西，那些东西虽然跟当前的境况格格不入，但却出奇地攫住你的思想久久不愿离去。

"在那个紧张寻找的澳门之夜，我突然在想中国人所说的知人知面不知心这句话。

"我们以为我们了解陈戈文许多了。我们读了他的简历，跟他有不少次交锋，我们以为在这种矛盾斗争中已经掌握了他的个性，但我们其实对他知之甚少。我们甚至不知道他在放弃概率研究转向机器证明数学定理之后，仍然在摸索预测赌博输赢的秘密，而且一旦有机会他还会现场尝试。

"100万元，那是一个可以判无期徒刑甚至可能获得死刑的犯罪，他难道没有生活的底线吗？

"难道数学家跟我们的道德观念不同？就算他没有自己的底线，难道他不关心我们这些给他创造条件发展学术、发展未来的人吗？一旦他发生问题，我们这些人，甚至整个学校都会遭到灭顶的灾难，难道他自己不清楚吗？

"我记得我们学校讲授科学哲学的人常常谈论科学家的道德问题，什么学术上的弄虚作假、什么使用动物做实验上的违反伦理，这些都太遥远了。我们连自己身边的人都弄不清，连他的基本生活选择都还无法弄清呢！

"就在我的思想信马由缰胡乱想象的时候，我们的人事处长发现了情况：'高校长，您快看那儿！那不是陈戈文吗？'

"人的一生能有多少次用光彩照人的样子出现在大家的面前呢？你觉得万事如意容光焕发，你觉得整个世界都在你的脚下，山峦海洋都向你臣服？歌曲中唱过的亚洲雄风、世界之巅等所有的说法，都无法跟我们看到的这场华丽的演出相提并论。

"一袭藏蓝的中式暗花上装，镶嵌暗金裤线的阴丹士林裤子，脚蹬一双墨菲斯特休闲皮鞋，头发被刻意地整理过，一改总是蓬头垢面的模样，陈戈文展现出中年人所特有的那种干练，同时又隐含着某种神秘莫测的风采。

"他跟着一群同样气宇轩昂、各种肤色且操着各种语言的古怪同伴，目中无人地从我们身边走过，朝向赌场深处的一个光明的桌子走去，一场看起来波澜壮阔的世纪赌战将要正式开始。

我们三个人不顾自己的身份和年龄，竟然像听到了发令枪一样飞奔了过去，在第一时间和众人恐惧诧异的眼光中从各个角度把他紧紧地按在桌子上不能动弹。

"'快说，钱呢？'三个愤怒的人竟然汇成了一致的语言。

"'什么钱？'他扭动着不舒服的身体，使劲挣脱着。

"'我们的一百万呢？'

"'谁拿了你们的 100 万？'

"'难道都让你赌光了？你把钱拿到哪里去了？'

"'放开我，你们疯了吗？没看到这是第 3 届澳门博采数学讨论会的会场吗？'

"我们放开他，再度回顾他周围这些人。

"'傻×啊，你们！神经病啊，你们？疯了，你们？'他接二连三地臭骂我们，把我们搞得很不自然。

"'没听说过博彩业大亨何鸿燊先生亲自创办的概率论数学大会吗？只有全球最顶尖的概率学者才有机会参加吗？'

"'你之前申请出差可没说要来开什么概率论的研讨会,你不是到香港买软件吗?'我们的人事处长争辩着。

"'对啊,所有这些参加会议的人都会到香港的公司去寻找最新的软件更新,我就是在那里跟他们熟悉后才决定来这里的啊!'"

八

"澳门事件完全是一场虚惊。我们对人的认识没有发生任何失误。但我们对人的承诺、信任和信心不足,这是导致我们一时恐慌的根本原因。这件事情之后,整个领导班子都在反思,我们到底应该怎样更好地信任我们的教师,让他们能发挥出更大的能力,以更大的力度和速度拯救我们的学校。基于这些讨论,我们继续扩大当前的精英团队的范围,让更多具有闯劲的年轻人走到前台,扔掉枷锁,开始他们自己的创造生涯。我们的另一个思考是,在一个"大科学"的时代,不能让所有的项目都停留在单人、最多是小团队的作坊式运作方式上,我们要搞一些大的学科融合和知识人才集成。

"为了落实扩大精英团队的任务,学校开始一系列的创新奖励和创新文化建设宣传。我们广泛地把各个兄弟院校和中国科学院的学者请进来做报告,希望他们能引领我们。这不是胳膊肘向外拐,而是一种坦荡的智力吸纳。我们想让教师靠近真正的大师,感受真正的创造能量的冲击。

"不过恕我直言,这项行动并没有起到真正作用。或者,作用有限。现在我们明白,兄弟院校甚至中国科学院中,90%的专家也都没什么创造力。一些人即便有院士头衔，但他们那种做事亦步亦趋的方式，听着就让人丧失望。唉，中国的事情不就这样吗？人情关系盘根错节。许多人就是因为跟定了某个导师，在他的团队中打打下手，随着整个项目的升级，人也就爬上了学术高位。他们不能说没有一点功绩，但他们不是创造者。我觉得千万不能学习他们，听他们的经验就像游泳中呛水似的令人战栗，这些人讲话中多数会以执法者的态度出现，而执法风格的人际关系和学术态度会令旁人创造力泯灭，这是斯腾伯格的领导智力理论中阐述过的。别抱怨我，吴老师。我感觉您所在的学校也是庸人多于天才。这当然不怪你们，还是怪这个社会体系，怪中国的教育制度更恰当一点。

"其实，鉴别出真正有创造力的人并不难。这不看他们发表了多少文章。我看过张五常写的一篇谈他在美国不同大学中寻找职位的短文，他说那些院系的选人用人根本不看有多少文章，就是找你来谈，半个小时、一个小时、两个小时，看你思想中有多少灿烂的火花和对这个领域积累的认知判断力。有这些基础的人，没有什么重要论文著作他们也会签约让你来教书……其实，许多著名的公司在选人用人上也跟张五常说得非常类似。像苹果公司还不像今天这么大的时候，他们的选人面试常常让所有职工全部参加，这些人各自躺在地板上或歪在椅子上，不等你开口他们会先说公司想开发点什么，讲他们的技术创新，等应聘者听得热血沸腾，急切地加入谈话，这便形成了真正的交流。他们觉得这种方法才是找到志同道合且有创意者的最好方法。

"长话短说，当我们发现学者中普遍创造力不足的时候，就决定在选人讲座方面更加留意。我们要找到真正的创意人才，让他们真正占据我们的讲坛。最后，我们在全北京的各个科研机构或大学中找到的人，加起来不到 20 个。我们一个个把他们请来，每次讲学都是全校性的，不管他们谈的东西其他领域的人是否熟悉，让大家都来听，都来感受。

"您猜怎么的？听他们讲话最受益的，竟然是非他们本行的教师和科研人员。在这之后学校明显地感到，这几年最大的科研成就确实是被上面的不到 20 人所激发的，但他们激发出的，是跨学科的创造力迸发。一个典型的例子是中科院系统科学所请来谈数学跟诗歌关系的报告，这个报告的结果是打开了地理、气候、环境科学群体教师们的思路，破除了他们的思维定式。另一个例子是科学史所谈中国古代中国四大发明的讲座。这本来是个'政治性'浓厚的话题，但主讲人从科学考证入手进行了去政治化，而当考证四大发明不是为了证明民族优越性，只为了现实考古学在当今世界可以做到怎样的去伪存真后，我们的通识教育学部的文学院和外语学院教师获得了很多启发，一些人放弃了纯正的批评理论转而朝向'新进步主义'。

"吴老师，您大概特别清楚，创造力的发生发展最忌讳两个东西。第一是功利性。把任何事情带上功利，创造力本身就会受到限制。虽然有人提出，谋求个人利益是创造发展的动力之一，但这仅仅在一定条件下才是成立的。在多数情况下，创造力发展到一定程度必然会跟功利主义分道扬镳，为此更看重给探索者自由的空间，寻求自由才是创造力发展的永恒动力。在这方面，我们要做出制度保证。具体来讲，探索中出了什么问题，我们领导出面顶着，绝不让教师受到伤害。我们跟所有教师签订合约，当他们从事自己领域内外的科研时我们决不参与意见，成功后决不在上面签名，不从中夺取哪怕半点名利。但如果失败，我们将挺身而出，作为整个活动的主要参与者承担下全部责任。

"创造力忌讳的第二个东西是批评和指责。人都希望别人对自己的工作提出建议，但这些建议不应涉及他人做事的目的和意义，更不应对他人的思维方式评头论足。意见都应该是建设性的，协助改进的。你用了一种新的方法炒出一盘不太好吃的鸡蛋，你会乐意听这样的评论：盐还可少放一点，火还可热一点。但你不乐意听：你这个人根本不会炒菜！或者：还是好好先学习炒大白菜再来炒鸡蛋吧！这样的话语最伤害人的创新能力。我们正是看到了这一点，才在全校的课堂和科研活动中反复跟教师们强调，要直接针对问题提出建议，与其指责他人的个性或知识缺陷，不如展示出自己对探索的支持和期待对方能创造更好未来的渴望。

　　"在上述一系列措施的引导下，学校的科研和教学成果都取得了长足的发展。我们的优质论文数量正在增加。这里所说的优质论文，是真正具有启发意义和创造力的论文。像文学院的《楚辞》研究，跳出文本和作家，从楚文化中蕴含着的创造资源出发，将文学纳入到一个异常广泛的新的符号空间。我敢说我们对屈原认识的改变，可能是当前最具创造性的文化颠覆。在工业设计方面我们也取得了积极进展。跟 20 世纪上半叶德国包豪斯学院做的一样，我们在信息时代重新定义了工业设计到底是什么，这种定义让工业设计的整体思路转向一种'量子层级式创意毛边云切换机制'，他们的意思是说，要改变认为创意无底线的想法，即要为不同创意加上能量表征，这样下来，通过能量差异或将'毛边能量'做云切换后，新创意跟老创意的差距便可最大化。有关这个方法的具体内容，我只能谈这么多。毕竟我们不是这个行业的工作者。

　　"在各个应用工科院系发展的同时，我们的基础科学和通识教育也得到了大幅度发展。观察我们的课堂就能看出，学生的穿着更加自由丰富且随意得体，既跟那种管理过严的学校学生穿着不同，也跟一些缺乏美育、穿着过分夸张的学校学生不同。换言之，在走向创造的过程中，学生的审美观发生了转变，他们更贴近自己的存在，更有一种自然放松。

"学习成就评价方式的改变，让我们的学生都成了自信的人。他们相信未来社会虽然存在着强烈的政治、经济、文化、科技变动，但他们有能力应对。有点怪的一个情况是，我们发现自己学校中自然发展起来的相互恋爱比过去多了不少。我们正在想，这是否因为孩子们更能坦率地面对自己和面对异性造成的？"

九

我差不多被他的讲述搞傻了。教育教学和科研方面的改革，使人的状态发生了如此大的变化，这是我从事这么多年学校领导力研究中从未听到过的故事。我真想立刻跟他询问更多的细节。但他的故事还在沿着自己的思路发展着，我只好继续倾听。

十

"在上述教育教学与科研取得成果的同时，我们也看到我们的不足。在过去的几年里，我们做了太多的个体创造力发动。这些，在今天我们这个多重压力的社会中显得弥足珍贵。但是，面对未来大科技时代，我们的合作还根本没有。除了各自的小团队，我们简直就是一个个各自为战，就像孔子、孟子、庄子、荀子各带着一群学生自己讲自己学，不跟其他群体发生联系。如果说我们回归了教育的本来理想，那我们回归的只是春秋战国时的教育，是古希腊的学园，我们还没有进入第二次世界大战之后的世界。如果我们想让我们的这个小小的世外桃源能继续前进且经久不衰，就必须迅速让我们的学校类型从古典升级到当前。

"今天我特别来找您，主要还是基于您给我的教育领导学的教诲。一日为师，终身为父。吴老师，我认真读过您的《教育管理学基础》。我知道那本书曾经被评为看不懂在说什么的"最差著作"。但我却能明白其中的奥妙。您从一开始谈后现代管理与科学的性质，我就摸到了门道。我记得您特别有两章讲福柯的观点。福柯真是这个时代最伟大的管理学家。我不把他当作哲学家。他的《规训与惩罚》《性史》《疯癫史》我都读过。喜欢得不得了。您提到他，我觉得最深层的含义是想焊接当前知识分子关系中被折断的链条。可惜的是，福柯人没来过中国。来过也是在 20 世纪 50 年代。如果他现在到这里看看，便会感叹我们的知识分子关系在全世界范围内有多差了。由个体或文化习俗差异引发的普遍忌妒，由生活或教育条件差异造成的歧视，等等。我知道您的学校也发生过许多事情。我研究过几乎北京市所有学校的人际关系状况，不瞒您说，我发现你们学校中最有特色的是城乡矛盾，这些年来，外省乡村籍教师几乎排斥了所有本地城市教师，这虽然不能说是劣币驱除良币，但确实是一种古怪的排斥与歧视。我猜想，外省乡村教师不喜欢本地教师，是因为本地人太过孤傲。于是，他们宁可执行过往的苦大仇深政策，让整个学校的血统越来越纯正地成为一所乡土高校。吴老师，这些正常吗？知识创新需要五湖四海，需要城乡结合。知识分子关系的另一个问题，是学术打压。这种打压可以发生于学派纷争，也可能由前面两个差异引申造成。当前高校中一个教师的学生抱团打压另一个教师及其手下的现象屡见不鲜，群体间势力此消彼长。年复一年，人们眼巴巴地期盼着新一届学校领导赏识自己的派系。如此多的矛盾和问题，根本不是福柯所能处理的。而对我们这些急着把所有智慧团结起来的人来讲，必须寻找一种办法，让我们能立刻穿越福科，也穿越爱德华·赛义德！

"吴老师，我记得您曾经在课堂上讲过，压力才能建立团结。我们的整个尝试，其实就是建立在外部压力基础上的，只要能保全这样的压力，我们的人际关系就不会出现巨大的崩溃。在人类的历史上，这样的事情不胜枚举。渣滓洞里的革命者具有如此力量强大的团队能量，跟他们的共同信仰有关，也跟他们所受到的非人隔绝和恶劣待遇等压力有关。再比如南非非洲人国民大会，在曼德拉的领导下几十年努力消除种族隔离，一直坚持到胜利。

"我们庆幸高校改革给我们的压力，我们掌握好了在压力下完成组织变革的时机和步骤。而一旦在压力下组织中的大多数人开始以创造而不是谋生为工作的目标的时候，相互的和谐合作就已经成了他们的生存需要。这种出自个体的充盈的需求，强烈且无法彻底被满足，人们不再为什么相互关系费时费力，直言不讳的交流方式使许多可能造成误解的机会都取消了。于是，理想的道路因此在我们的脚下延伸。

"我记得您在书中曾经谈过，一旦人际关系问题得到彻底解决，领导者会把注意力全部集中到当前问题的技术方面。我们确实是这样。困扰其他学校的那些内耗不存在了，我们便能集中力量把教师吸引到一些当前最重要的大学科方向上。例如，我们的第一步是针对学校中缺少生物医学这个当前最重要的专业领域向大家提出，我们能否通过自己的努力，建设一种新的跟生物和人体有关的专业？恕我直言，我知道你们学校的医学专业是怎么来的。你们跟校园旁边的一个医院建立了合作协议，把对方的主任医师都纳入你们的教师体系，把他们的医疗设备都当成你们医学院的设备，给他们每年招生。这个做法当然方便，但我也要说，你们没有什么真正的跨学科创建。这些医院的大夫，不太可能跟你们校园中的教师交流看法。而我们的做法不同，我们在没有这个专业方向的前提下，发动所有不同专业的专家思考我们怎么通过无中生有把这个专业建设起来。随后我们发现，机械制造专业可以从残疾人的义肢方向切入人体生物学。化学工程专业可以从事生物化学类药物的设计与研制。人文基础部这种通识教育学部可以进行医学和生物伦理研究。即便有这些生长点，我们不希望将这个领域固定下来，我们要保持开放的边界让其他专业的学者敢于进入和易于进入。随后，我们的 3D 打印技术开始在打印人体器官方面取得丰硕成果，再度领先于行业。

　　"吴老师，大学科指的是需要集结很多不同方向的人、投入大量资源进行协作研究的领域。但我们发现，大学科可以做成字面意思的那种大，真的让这个学科大到一种超越极限的宏观尺度。我曾经跟您说，我们的马哲教师在白洞和蛀洞物理研究方面的深入，我们还有世界上最好的数学定理证明机器，一旦有人提议将这两者跟机械制造和化学工程等结合，阻碍融通学科的玻璃纸就被彻底捅破。我们就此最终解决了 3D 无源打印的问题。这是一种超大规模的未来技术。它的基础集纳了资源对等性原料存储位置探测的数学结构、蛀洞物质运输的物理机制、无源状态下的电场调节、成型过程中的抗干扰多元信息传递，加上对 3D 打印已经建立的诸多专利成果，我们完全可以在世界任何地方把一个物体凭空创造出来。当我们在演播室镜头前第一次无中生有地打印出一小枚闪闪发亮的钻石的时候，我们相互抱头痛哭。因为整个演播室除了摄像机和灯光系统，根本没有任何用于打印的设备，在空寂的世界上看到一个东西隐隐成型，您在场也会有跟我一样的激动。

"我们不但解决了自己学校生存的知识基础，我们现在还有充足的知识生产能力和教学能力把这个学校搞下去，我们还具有了自我创造财富的能力。就算今天国家停办了我们的学校，我们照样能通过民办学校注册将这个学校继续办下去。但是，我发现充满创造力的教师和学生现在都跟国家、民族和世界的命运相互关联着，让他们为自己获取他们都不干，只是一心一意地设想着让世界更加美好。

"还拿我们的 3D 打印技术说事。我们让它彻底脱离了机器，也远离原材料，这种'无源化'设计导致我们可以在任何范畴做任何水平的设计。您常常听说政府要整治北京的 PM2.5 空气吧？针对这种顽疾政府几乎到了进退两难的地步。你能禁止车辆启动？车辆一启动就会排放尾气。我们计算过，如果能尽快把全部汽车改为电动的，情况将有所缓解。但当前电动汽车设计不过关，充电设备也不足，且价格昂贵。所谓的分区限行也只是权宜之计。我看就连迁都都不一定能解决北京的问题。而且迁都的成本太高。这个首都已经形成了中国的政治文化和商业中心，外国人甚至用北京形容中国，它就是中国的代名词。韩国首都汉城更名首尔，所有政府用纸的抬头更改，就是巨大的开销。当然这不是钱的问题，迁都最大问题还是过程控制和人的适应。你要选址、设计、建设、搬迁，种种行动真正完成难道不需要十年二十年或更长？持续的变动中哪个环节卡住都可能发生危机。对一个稳定压倒一切的国家，PM2.5 的问题已经成为了我们的生存悖论。对此，我们的教师提供了简明扼要的解决办法：

何不打印一个新的北京？让我们寻找一块新的土地去规划我们的新城。您觉得这个方案疯狂吗？一个全新的北京，可以比现在小许多，但功能性齐全且舒适并跟大自然全面融合，要把机关、学校、住宅的远近调整恰当。然后，把北京的一批人搬过去。他们什么都不用带。就自己过去，那里一切都有。这个计划我们觉得非常合理，只是选址问题一直困扰着我们，所以我们才没有真正提出来。在中国当前的各个省市，我们没有找到能跟北京现在的战略和地缘相媲美的位置。我们的空间太狭窄了。而正是这个狭窄的空间让我们想到第二个方案。

"这个方案说出来让您更加吃惊：我们想打印一个全新的地球！为什么不呢？我们有宇宙中使用不完的物质，这些物质可以通过神秘的蛀洞被转移过来，我们有良好的无源打印技术，我们计算过，整个地球的打印过程，按照现在的机器运行速度，只要50年！我们的一些师生甚至计算过这个新地球的位置，它必须不改变整个太阳系的动力结构，不能破坏当前的平衡性。有的学生说应该放在拉格朗日点上。抱歉我不是学力学的，我只是听他们在说那个位置具有某种'漂浮性'，我想这一定是比喻。但这个位置后来被否定。原因是什么我也不知道。我只知道当前最被看好的一个方案是让新地球就跟原有地球形成一个环绕系统，而两者之间的轨道轴心就是现在地球的质心。

"您能想象吗？用我们的技术，50年之后我们就能搬迁到身边一个新的地球表面去居住。无论从哪个方向看对方，您都能看到一个云蒸霞蔚的镜像地球。等所有人都搬迁过去，我们的原有地球可以得到生态恢复。这个双行星系统将成为人类休养生息的重要备份。

"吴老师，您不觉得我们不但拯救了一所学校，还培养了能改变历史、创造未来的新人吗？"

十一

可能是我喝了酒的缘故。我感觉自己已经漂浮在一种氤氲环绕的温柔的幻想之中。在这个寒冷的早春夜晚，我听到了一个如此不可相信的故事。

高校长所讲的一切，对我来讲都像是乌托邦。这个乌托邦起源于人的群体拯救，之后是创造力的全面宣泄，人活得更加自然，再后来，通过技术改变，人们彻底找到了挽救自身的途径。他所描述的那个未来，久久地激荡着我，让我无法停止对未来的憧憬。

但是，故事总是有结束的时候的。现在，我将回到现实。因为高校长正在告诉我有关这个乌托邦的结局。

"吴老师，我是您的学生，但不是一个好学生。您一定为我们学校刚才所做的这一切管理学尝试感到骄傲，认为我们达到了自马基雅维利以来人类控制自身导向成功的高峰，是自马斯洛自我实现理论创建以来人本主义所达到的高峰。我们确实把个体、群体所能碰到的大问题都解决了，而且解决得相当出色。但是，我忘记了您也讲过，学校不是设置在世外桃源的。我们仍然在中国现实的大体系中。这话怎么被我忘得一干二净呢？我们太沉浸在自己的小天地的优化中了，忽视大环境恶劣的后果终于显现了出来。简而言之，我们的成功引发了兄弟院校的强烈不安，出于同样希望保全他们自己职工饭碗的初衷，这些学校向我们发起了一轮轮明里暗里的猛攻。"

"他们还能做什么？你们在科研和教学领域中做出了如此巨大的变革和成就，他们还能怎么说？"

"对这些他们无话可说。但他们能找到我们工作中的许多问题和麻烦。谁不存在问题？只要你做工作就必然在破坏过去和建立未来之间不断推进，而每当你为了发展进入无人地带的时候，你已经打破了旧的制度的边界。但那些落于你之后的人却可以就此指责你、调查你、控告你，甚至起诉你。

"吴老师，您还记得我给您讲的陈戈文到澳门买软件但出现在赌场的事情吗？他在那个事情中没有犯错误，但他确实没有认真执行严格的财务制度。而我是这个问题的主管者，那笔钱是我和主管财经的副校长一起签字的。

"除此之外，我还动用过其他不在开发领域的资金协助过一些项目的开发。所有这些都已经构成了重大问题。跟我同样犯有重大问题的人还包括我们的校长、书记、办公室主任等，他们的罪名分别将是在用人制度上、资产管理制度上破坏政府规定，都可能在调查后被起诉。我今天已经得到了通知，必须在 24 小时内到规定地点报到，交代问题。

"吴老师，我一直在想，一旦我们学校被撤销，必定有一些人会编造谎言把这个学校所做的一切都涂抹上黑色。对我个人这些都无所谓，但我们在教育管理领域所做出的这些尝试，将被彻底消灭。这一点是我最不能忍受的。我们都是普通的高校管理者，是大时代中的小人物。但整个时代却是由我们这样的小人物撑起的。为了不让我们的经验彻底被消灭，我觉得一定要冒险把这些都告诉您。事实曲折由您来评判。

"现在，这个 24 小时差不多已经所剩无几。我庆幸在这最后的晚上，我找到了一个人可以认真谈谈发生在我们学校的故事。现在，我该说的都说完了。"

他喝下最后一口啤酒，扣好衣扣，想马上冲出饭店，而我则被他的最后陈词震慑得目瞪口呆。

"等一等，高校长。也许一切不会像你想得那么糟。"

虽然讲这话的时候我几乎没有底气。我知道我们习惯了的办事方式，我也对他的未来抱有深深的忧虑。我怎么能让他得到哪怕些许的安慰？我怎么能为他们的自由进行拯救？

他像看出了我的意思，只是朝我摇头。

"没什么可抱怨的。吴老师。您搞领导力研究自然知道，中国的问题，其实是人类学问题，所有的政治经济问题，都会最终归结到资源的争夺。不解决资源问题，我们永远会在这个怪圈中相互残杀。

"谢谢您在这么寒冷的夜晚出面跟我聊天，我其实没想让您出面做什么，只是觉得您的课程让我受益匪浅，我所做的这些，就算您未来教学中一个小小案例吧。"

"如果算案例，高校长，那我这么评价：你不是一般的案例，是教育领导学中最辉煌的一个案例。它必定会成为未来许多年都反复引用和讨论的最佳范例。"

黎明的北京，压抑着城市的毒雾仍然没有消散。但我记得天气预报中说，24 小时之内将有大风。

我期待着这场大风吹散一切。我更期待在澄明的天空中仰望天际，能看到一颗全新的小星点。直觉告诉我，高校长所说的打印地球的计划已经启动。

50 年之后，我们都将离开这里。

我们将站在一个新的星球上回望历史的天空！

宝树 ————● 穴居进化史
　　　　　　　重回文明原点

一　公元前 105803245 年

咚！咚！咚！

大地有规律地震颤着，一下又一下，由远而近，由小而大，由轻微而猛烈。

卡卡躲在黑暗中，耳朵贴在洞壁上，警觉地听着来自上面的声音。它知道这意味着什么，一头用两条后腿行走的巨兽正走过它的寓所上方。它知道这是巨兽对自己领土的日常巡视，没什么可怕的。但大地的震动令它没有逻辑思维能力的大脑也直观地意识到，那森林之王拥有何等的体型和重量。有时候，它周围抖动得如此厉害，让它觉得，自己辛辛苦苦建造的房屋仿佛就要在巨兽的践踏下整个崩塌下来，将它埋在大地深处。

但这并没有发生，巨兽一步步走过它的头顶，慢慢走远了。

卡卡松了一口气，它知道自己暂时安全了，可以上到地面。它迅速穿过自己挖出的复杂隧道，在一丛蕨叶的后面露出毛茸茸的小脑袋和尖鼻子。巨兽刚刚走过，周围一片静谧。卡卡大胆地钻出来，惬意地伸了个懒腰，在清晨的空气中深深嗅着，寻找着食物的气息。

用不着多嗅，它尖锐的眼睛就看到了一块石头上伏着一个褐色的小东西。卡卡顿时兴奋起来，它知道那是一只蜥蜴，肥美而多汁，可以供自己饱餐一顿。一早上就碰到这顿美食，真是好运气。

卡卡蹑着步子，向自己的早餐走去，在蜥蜴觉察到危险之前，就迅捷地按住了它的尾巴。但蜥蜴立刻反应过来，扭动着身体挣断了尾巴，蹿下石头，在蕨丛下的真菌和苔藓间灵活地穿行着。卡卡快步追在它后面，狩猎的本能让它浑身的血液都快要沸腾起来。

但蜥蜴及时钻进一个树洞，很快不见。卡卡尝试着把头伸进去，但失败了。虽然它自己的体型并不大，但是那个树洞更小。卡卡沮丧极了。不过一分钟后，它就忘了自己在这里干什么。它还嗅得到蜥蜴的味道，但已忘记它在哪里了，只是迷惑地四下打转。

一个长长的影子蓦然出现在它背后，卡卡一转身就看到了，它顿时毛发直竖。那是一只硕大的怪鸟，不过事实上那并不是真正的鸟。它两腿着地，浑身覆盖着羽毛，但没有翅膀，在鸟的翅膀原本所在的地方，是一对灵活的前肢，末端是两只尖锐的长爪。卡卡很熟悉这种动物，它知道这是自己的天敌，它的爪子可以像自己撕开蜥蜴那样轻松地撕裂自己的身体。

卡卡扭头没命地狂奔起来，怪鸟大步跟在它背后，尖声鸣叫着，前爪不住地向下扑击。卡卡感到了背后死亡的腥风，它在苏铁树间绕来绕去，绝望地试图甩掉它，但怪鸟却不依不饶地跟在背后。

卡卡设法寻找着回家的道路，它知道只有那儿才是自己绝对安全的避难所。它有限的大脑不足以理解空间结构，但经验让它本能地寻找着熟悉的场景，一棵树引向另一棵树，一块石头后面是一蓬草丛……近了，更近了……

终于，一个亲切的入口出现在面前，谢天谢地，它挖了不止一个洞口，很快就可以回到家里了！

当卡卡正要钻进洞里时，一只冰冷的爪子无情地按住了它，卡卡竭力尖叫着、挣扎着，但是无济于事，它的背已经被划破，鲜血直流，怪鸟硕大的脑袋和狰狞的长吻朝它俯了下来……

这时，卡卡看到，在怪鸟背后出现了另一个更大的黑色头颅，光这个头，就比怪鸟的整个身体还要大。那是森林之王的脑袋。这可怕的巨兽，竟然无声无息地出现在这里，但还不够塞牙缝的卡卡当然不是它的目标。

怪鸟不知怎么，感觉到了身后的危险，它终于放开了卡卡，咯咯叫着，惊恐地向前跑去。

巨兽一声大吼，令整个森林颤抖起来。卡卡浑身瘫软，侧倒在地上。它看到巨兽的大足从自己头顶跨过，落在离它还不到一个身体长度的地方。巨兽的长尾摆动着，扫过整个天空，似乎要将整座苏铁树林都扫倒。没几步，巨兽的獠牙就咬住了可怜的怪鸟。一阵徒劳的挣动和哀鸣之后，刚才还威风凛凛的狩猎者便成为奉献给森林之王的牺牲。

一块鲜血淋漓、热气腾腾的肉从空中掉了下来，落在卡卡身边，还带着几根羽毛，不知道是怪鸟身体的哪个部分。卡卡总算反应过来，敏捷地叼起那块肉，一瘸一拐地跑回了自己的洞穴。

这一次的遭遇让卡卡知道了自己的宿命，它永远只能留在洞穴周围，越少出去越好。外面是巨兽和怪鸟们的天下，而它自己的空间小得可怜。

在黑暗中，卡卡吃饱了，觉得安全而又惬意。背上已经渐渐不疼了，早上的恐怖也已被遗忘，它觉得只要能躲在自己的洞穴里，远离那些危险，日子还是很舒心的。它模糊地想起自己小时候，在另一个洞里，在母亲的怀中，吸吮着乳腺中分泌出来的甘甜汁液……那是多么快乐的时光啊！

当天夜里，卡卡做了一个梦。它梦见有朝一日，自己从洞穴里出来，身体越长越大，变成了一种新的巨兽，它不是四肢着地，而是像巨兽和怪鸟一样用后肢直立行走，成了整个森林的主人，一切都匍匐在它脚下，任它予取予求，并且走得更远更远，征服了地平线以外，那些它既不知道、也无法想象的世界……

据说，那是哺乳动物的第一个梦。

二　公元前 30492 年

阿鲁躺在岩洞深处，远离人们围着的篝火。属于他的那块冰冷石头上没有舒适的兽皮，只有一堆脏兮兮的干草。已经是深夜了，外面下着大雪，气温下降得很厉害。阿鲁感到寒气已经闯入了洞穴，包裹着他的身子，正在侵蚀进裸露的皮肤底下。

阿鲁向篝火望去，他也想躺在篝火边上，享受松木所带来的光明和温暖，但那里围着的都是些强壮有力的猎人和他们的女人。阿鲁只要稍微走近几步，就会被他们揍得鼻青脸肿后一脚踢开。阿鲁已经试了许多次，不敢再去找打了。

火堆边上传来"啪啪"的声音和女人低低的呻吟，阿鲁朝声音传来的方向望去，看到了膀大腰圆的阿熊骑在果果身上，正呼哧呼哧地在她青春气息十足的躯体上发泄着欲望。篝火将一男一女动作的影子映在洞壁上，显得格外魅惑。

阿鲁眼馋地吞了口唾沫，果果是部族里最年轻漂亮的女孩，每个男人都喜欢，当然也包括他，但平常他总凑不到她跟前。前些日子，他总算鼓起勇气，在灌木丛里摘了一把野果送给果果，女孩正要接过的时候，阿熊出现在他背后，一巴掌把他打到边上去，然后把一条血淋淋的鹿腿扔在果果跟前。果果脸上立即出现了惊喜的表情，把鹿腿捧了起来。阿熊咧嘴一笑，一把抱起果果到了一棵松树后面。被打得晕头转向的阿鲁哼哼唧唧了半天才爬起来……

阿鲁也想弄到一条鹿腿送给果果，但他力气小、跑不快，布陷阱的水平也不敢恭维，打到好猎物的机会微乎其微。有一次他好不容易逮住了一只肥兔子，也被阿熊和阿豹他们一把抢走，打了牙祭。这种情况下，哪儿有他送出去的份？最漂亮的女人归最强壮的猎人，这个世界的游戏规则就是这么简单。

狩猎永远是阿鲁心头的噩梦，他的舅舅就是在打猎时被一头猛犸象活活踩死的；他的哥哥也没能幸免，他被一头剑齿虎咬掉了半只胳臂，伤口化脓，没几天就死掉了。每天阿鲁都要和其他男人一起冒着严寒去雪原上集体狩猎，却只能分到骨头和脚掌这样微薄的部分——如果能分到的话。阿鲁害怕打猎，即使对果果的迷恋也没法让他成为一个好猎人，因为他知道他天生不能。对他来说，山洞里是最令他放松的处所。只有在这里，他才能找到外面没有的安全感。

篝火那边，阿熊发出一声低吼，身体抖动了几下，便搂着果果倒在兽皮上呼呼睡去。寒冷却让阿鲁难以入睡。他坐起身，从干草下拿出半截烧焦的木棒，在岩壁上涂抹了起来，不久，一头栩栩如生的野牛轮廓出现在洞壁上，然后是一只跳跃的小鹿。

这是阿鲁唯一的技能，也是部族里其他任何人都不会的技能，他几乎能够画出任何动物的形象。人们在他画出的线条前都感到困惑，他们知道，这些单薄的形象并不是真的动物，却让他们觉得那是一只动物，他们不知道这是怎么回事。有一次，阿熊看到阿鲁画了一头野牛，迷惑地看了半天，越来越烦躁，最后大吼一声，把阿鲁按倒在地上揍了一顿，禁止他再作画。但凑巧，那天他们居然真的打到了一头野牛。有人说那是阿鲁的奇怪符号带来的好运。阿熊当然嗤之以鼻，不过对阿鲁的古怪行径总算是睁一只眼闭一只眼了。

阿鲁又画了一头狮子，他不是第一次画狮子，但这次在狮子身边，他添了一个男人，拿着一根木叉，又向狮子。画上的男人只是几笔简略的轮廓，看不出任何特征。但是阿鲁在心里说：那是我，是我阿鲁。看我多厉害！一个人打下了一头狮子。

阿鲁想了想，又在狮子脚下画了一个倒下的人，那是阿熊，不过没有脑袋。脑袋，被狮子吃了，他想。

阿鲁傻呵呵地笑起来，似乎忘却了身边的一切烦恼。他画得兴起，又在画里的"阿鲁"边上添了另一个人形，有着诱人的身体曲线，阿鲁在它的胸口点上了一对丰满的乳房。他心里说，看，那是果果。在他创造的这个世界里，果果是受他保护的女人，当他杀死那头狮子后，就会把狮子扛在身上，和果果一起走回属于他们的洞穴，甜蜜地生活在一起……

对了，还要画一个孩子，他们的孩子……

洞穴外，冰河时代的雪越下越大。

三 公元前 13390 年

　　底比斯是一座壮丽的都城，法老很怀念在卡尔纳克神庙巨大的百柱殿里沐浴尼罗河水的惬意。不过比起那南方的旧都，法老更喜欢脚下的埃赫塔顿，因为这是他自己建造的，属于他自己的城市。在这里，没有历代先王的陵墓和宫室压在他头顶，也没有讨厌的阿蒙神庙的祭司对他指手画脚，这里的统治者只有他和庇护他的太阳神——阿吞。

　　整座埃赫塔顿城尚笼罩在黑暗之中，只东方有一线朦胧的光明。法老一早便已起来，站在这座伟大城市的中心，他亲自设计的太阳神殿门口，看着春分日的太阳准确地从两根巨柱间升起，将金色的阳光射进长长的空无一人的柱廊，照亮了挂在头顶的纯金的阿吞神像——没有人的形体，只是一个放射着光明的圆盘——在阳光下熠熠生辉，如同第二个太阳，通过巧妙设置在殿中各处的圆镜，将阳光一一反射，把整个大殿照亮。这是属于他的光明，令他感到欣悦无比。原本如同黑暗洞穴般的大殿，转眼间便成了充满光明的宇宙。

　　法老在阿吞神像下伫立着，心中充满了宁静的愉悦。

　　和往年一样，今天的春分祭祀仪式由太子图坦卡蒙代为举行，表面的理由是法老要在圣殿中接受阿吞神的默示，但事实上，法老怀疑其他人也暗中知道，是因为他不想在公开场合露面。他身材比一般人高得多，长着狭长的脸、细瘦的四肢和肥大的胸及肚子，身材完全不匀称，看上去像是一个怪物。虽然他由于无可争议的高贵血统得以继位，人们表面上对他毕恭毕敬，但法老知道，不知有多少人在他背后指指点点，传播着各种恶毒的谣言。

为此，法老建筑了新的都城，从底比斯搬到了这里，在埃赫塔顿的新宫廷中，他不用再在人前出现，无论是他的兄弟叔伯，还是大祭司，一般都见不到他。在这里，他可以醉心于和他的阿吞神的精神交流，并且发展各种颂扬新神的艺术：在他的指导下，新风格的绘画、雕塑和诗歌源源不断地涌现出来，他如同建造了一个属于自己的世界。

面对着阿吞发光的神像，法老在无人的大殿里高声吟咏着自己写下的热情颂歌：

> "你在我心目中，
>
> 没有其他人知道你，
>
> 只有你的儿子，伟大的国王
>
> 他来自你的身体
>
> 代表你统治大地，他爱着他的王后
>
> 哦，美丽的娜芙蒂蒂
>
> ……

但有时候，外面的世界仍然要闯进来，打破法老心灵的宁静。

卫士通报后，一名红袍的高级书吏走进大殿，在法老面前跪下行礼。他带来了外部的消息：

"太阳神阿吞的化身，上埃及和下埃及的永恒统治者，伟大的万王之王……"书吏不敢马虎地念诵着法老冗长繁复的神圣头衔。

法老不耐烦地挥了挥手，"说正事吧，有什么消息？"

书吏从镶金的皮袋里抽出一张写满象形文字的纸草卷，展开念了起来："赫梯王的军队已经占领米丹尼王国，我们在幼发拉底河的统治被动摇……

"巴比伦王国也面临入侵，国王向您紧急求援……

"叙利亚的叛乱进一步扩大，达克巴总督被反叛者杀害，目前骚乱已经延伸到了迦南地，反叛者甚至僭越称王……"

"够了！"法老怒气冲冲地说，吓得书吏趴伏在地上，"去年年底，我已经命令驻守孟菲斯的十万大军前往亚洲平定局势，并从底比斯增派三万援军，为什么到现在局势还没有缓解？是你没有把命令传达下去吗？"

"太阳神的化身啊，"书吏哀告说，"我怎么敢违背您神圣的旨意？我第一时间就把消息沿着尼罗河传到了底比斯，但是那些……那些大祭司……"他吞吞吐吐起来。

"说！"

"是，那些大祭司控制了您的各级长官，找出各种理由拒绝执行您神圣的命令，他们说，由于陛下背弃了阿蒙神，埃及上下都人心惶惶，底比斯也骚乱四起。再说，国库的钱都被用于修建新都了，军队也填不饱肚子，对边陲局势无能为力……除非您的銮驾返回底比斯，向阿蒙神忏悔，否则您的旨意他们无法执行。"

"混账！胆敢如此藐视我的权威！"法老的怒火如同要将整座神殿吞没，一只金杯被猛地抛到地下，发出尖锐的声音，"传我的命令，埃赫塔顿的全部军队整装待发，我要御驾亲征这些老鼠一样的叛徒，将邪恶的阿蒙神庙夷为平地！"

书吏浑身发抖，答应着向外退去，法老却又叫住了他，"等等……你先下去，让我再想想。"

当愤怒的潮水退去，法老就知道，他的话不可能实现。在过去的十多年中，他和阿蒙神的僧侣们进行了不知多少次的斗争，毁掉了好几座神庙，甚至处死了几名大祭司，却没有撼动对方的根本，反而被他们一步步逼出底比斯，让他退缩到埃赫塔顿这个坚固的壳里，事实上也架空了他。他的实际权力小得可怜，号令也许根本出不了这座城市，御驾亲征？笑话。恐怕到时候他自己的军队会首先哗变。

事实是，几乎没有任何人理解他，他的信仰，他的艺术，他的世界。他是他们的王，但也是这个世界的异类。

除了那个完美的女人……

他的王后，娜芙蒂蒂。

现在，法老急于见到她，向她诉说一切。只有她永远能够理解他，支持他……她是他的"共治者"，在宫廷的壁画上，他和她永远站在一起，仰望天空，接受阿吞神的洗礼。

他走过中庭，走进王后的寝殿，那是他不允许任何人进入的地方。金碧辉煌的寝宫中没有侍女，只有一线金色的阳光从高窗照进寝室，照亮了摆放在案头的一尊精美的彩绘雕像。

高高的蓝色王冠下，是一条缠绕在额头上的金蛇，下面是清丽无瑕的容貌和一对梦幻般的眼睛。

那是他亲自雕琢的，他梦想中的完美女神。娜芙蒂蒂，这个名字就意味着："美丽的人来了"。世界上任何女人都无法和她相比。

但是，不存在这样一个完美的女人，从来不存在。她是法老少年时的梦,一个超出这个与他为敌的世界的奢侈梦想。即使在他成为法老后,也没有办法让这个幻影变为现实存在。

但至少,他能够让这个世界认为她是存在的。提及她的铭文和画像在埃赫塔顿无所不在,他将自己和几个侍女生的儿女都算成是她生的,知道这个秘密的人大多数都被他处死了,剩下的几个未来也将会为他陪葬。他亲自编撰的他们的爱情故事将会被记载在史书上,万世传诵。

法老暂时忘却了尘世的烦恼,坐在寝殿深处,陷入了甜蜜的思绪。

然后,法老埃赫那吞走出房门,向下人发布命令,让他们把自己的养子摩西找来,关于创世神阿吞的伟大,自己有一些新的领悟要告诉他。现在,摩西是唯一可以和自己说上几句话的人了。

四 公元 1970 年

已经是深夜了,整幢宿舍楼的灯已基本熄灭,人们进入了梦乡,只有一个房间从窗户纸底下透出一点微光。

那是一个只有六七平米的小房间,没有椅子,床对面就是一张书桌,旁边有一个简陋的衣柜,只剩下了半边门。房间里几乎没有下脚的地方。桌子上堆放着高高几摞稿纸,几本书摆在中间,天花板上吊着一个十五瓦的小灯泡,昏黄的灯光由于实在太暗,不像是光线,倒像迷雾一样弥漫在房间里,好在房间实在太小,不至于完全看不清。

一个三十多岁的男人,蓬头垢面,胡子拉碴,戴着厚厚的眼镜,坐在桌前，在一张纸上奋笔疾书着，眼睛里都是血丝。灯光在他身后投下深深的影子，如同监牢中干苦差事的犯人。

但比起外面混乱而疯狂的世界，他觉得自己已经是在天堂里。

轰轰烈烈的"无产阶级文化大革命"已经进行好几年了，他被批斗过，也被关过牛棚。前一阵子才被放回研究所。单位里也是一盘散沙，领导被下放，工宣队进驻，谁谁自杀了，谁谁又被判刑……革命到这个程度，他的事已经不算是个事了，他难得享受了几天的清闲。但是，单位还是不如自己的狗窝，随时要搞政治学习，早请示晚汇报。他一到这种场合就如坐针毡，总是设法溜回自己的小房间里才感到踏实，特别是在这样的深夜，他知道直到天亮都不会有人来打扰，这难得的宝贵时间简直太美好了。

他在纸上拼命写着，数字、符号、公式、算法……在他脑海中如大旋涡一样疯狂地旋转。但在表面的混乱下隐藏着简洁优美的结构，他似乎已经看到了一点若隐若现的曙光……

除了他自己，没人知道他已经到了怎样的高度，比起几年前的发现，如今他更上一层楼，他知道自己离峰巅只差一步，只要登上了峰顶，整个大地就可以一览无余。有人会相信吗？在这个狭小的房间里，他这个其貌不扬的书呆子会成为世界之王？

但千真万确，这里是他的世界，他的宇宙。他什么也不需要，不需要革命和政治学习，不需要空气和食物，甚至不需要时间和空间！他所需要的只是数字，最抽象的数字，一个质数，两个质数，它们在他脑海中缠绕嬉戏着，像电子和质子一样结合起来，组成分子或晶体结构，再形成一层层复杂的化合物，最后变成整个世界！毕达哥拉斯是对的！世界，是由数字组成的……

而他已经把整个世界踏在了脚下，用一支笔，他把世界一层层轻轻划掉，这是他发明的"筛法"，让世界化整为零，归于寂灭。无尽的数字消失了，世界也沉入了黑暗。面前只有高耸的珠穆朗玛峰顶，只要上去，上到顶上，就可以飞起来，飞到天上，翱翔在空灵的数的天国之中⋯⋯

但是⋯⋯

他不住移动的笔头忽然停下来，盯着面前写得密密麻麻的稿纸，心中一沉。就差最后一步，但他再一次卡住了。他还没有算到最后，但是他从心里知道，和之前的千百次尝试一样，他已经失败了。在他面前出现了一座悬崖，上面写着四个大大的字：此路不通。

黑沉沉的现实又压了上来。

他懊恼地扔下笔，将稿纸揉成一团扔进了废纸篓，颓然倒在床上。我就知道，他想，不可能那么顺利的，这个方法有内在的缺陷，虽然我已经走得很远，仿佛一伸手就可以摘下那颗明珠，却无法再进一步。今晚那么多个小时，又是白费工夫。

但即使这样，即使一辈子都这样失败，也是幸福的。他想，在这个房间里，做自己爱做的事，全心全意，远离尘嚣⋯⋯他脑子里忽然冒出中学时学过的两句古文，"文王拘而演周易，仲尼厄而作春秋"，那些不朽的作品，或许许多都是在这样的房间里写出来的吧？

再小的房间，也是人类生存的必需。它能为你遮风挡雨，让你有一处地方栖身，躲避外面的喧嚣和血腥。同时，对于那些在心灵世界探索的人，它更会提供无垠世界的入口。特别对于数学家来说，他只需要一支笔和一张纸，就可以驰骋在比宇宙还要宽广的无限之境中。

当然，如果有计算机更好，不过那是过于奢侈的梦了。他在研究所里见过一两次计算机，但不知道怎么用，当然也没有使用权限。他想象着也许有一天自己能有一台计算机，只需要键入几行字，就会自动出现自己算几天才能得出的结果，想到这里，他忍不住呵呵傻笑了起来。

一阵倦意袭来，他闭上了眼睛，进入梦乡。在梦里，仿佛在深夜，他走在一片神秘的旷野中。一台大厦一般的巨型计算机伫立在面前，他抬起头，只看到夜空中明亮的繁星，却怎么也望不到计算机的顶端，它如同一根巨大的柱子，支撑在天地间，支撑着整个宇宙。不知怎么，他知道那台计算机能够听懂他的问题，他大声问它：

"是否每一个大于 2 的偶数，都可以表示为两个质数之和？"

计算机上的一排信号灯亮了，庞大的机体嗡嗡运转了起来，虽然没有从输出槽中吐出打孔的长长纸带，但他忽然发现，天上的星星渐渐开始移动。它们缓慢地离开了原来的位置，在夜空中游荡着，渐渐组成他熟悉的数字和符号。

他明白了，宇宙就是那台计算机，一切答案，早已在宇宙中写下。

旷野不见了，他飞腾在星海之上，星潮涌起，眼花缭乱的数学式扑面而来，又转眼拆散、重组……在他眼中，那不止是数字和符号，在数字的背后，一个清晰的结构浮现出来，那是宇宙本身的结构，庄严、完美、精妙绝伦，天，怎么会是这样？这种思路简直太奇妙了，我可从来没想——

他蓦然惊醒了过来，当然，还在自己的小房间里，房里的灯光还亮着。刚才只是一个梦，又仿佛不只是一个梦。

他定了定神，脑子里的记忆犹新，他明白了那是什么，他一直

超脑 ——•

在寻找的终极解法！不，远不是一个解法，而是数学最基本的奥秘。他忙坐起来，趴在桌子上，随便抽了张纸刷刷写了起来。他知道必须要快，几乎每过一秒，头脑中的印象就会淡化一点。没时间全写下来了，只有记住几个思路中的要点，其他的以后再推算。但他凭着一个数学家的直觉知道，这是一个正确的方向。它不仅能解决一个基本数论问题，还会带来数学乃至整个科学体系的根本性变革……

他刚写了半行字，一阵重重的脚步声从楼道里传来。他蓦然紧张了起来，虽然知道多半和自己无关，但总不免有些杯弓蛇影。不，和我没有任何关系，他对自己说，这个世界上的一切都和我无关，不能分心，快写下去，比起我笔下的算式来，世上的一切都微不足道……

可是他错了，脚步恰恰是冲着他而来。

"开门！开门！"有人在用力砸门，声音嘈杂。

他疑惑地打开了门，两个穿绿军装的粗壮汉子打着手电，站在门口，他认出来，是最近进驻研究所的工宣队，前面一个高个子劈头盖脸地问："陈景润，深更半夜你不睡觉，开着灯在干什么？"

"我……"他一下子懵了。

"老实交代，是不是在收听敌台？"

"这……这从何说起……"他总算回过神来，"您看，我房间里连个收音机都没有。"

对方一把推开他，走进狭窄的房间。蓦然多了两个人，房间里顿时挤得满满的。来人提着手电，用锐利的目光搜索了一遍，寻找一切可疑的证据，最后拿起桌上他正在写的手稿，皱起了眉头，"这是什么？"

"这是……那个证明……我的研究……"他结结巴巴地说。

214

"什么研究？还是那个什么1+2？"

"那个已经证出来了，现在是证1+1……"他试图解释，却怎么也说不清楚。

"什么1+1、1+2，无稽之谈！"对方厉声说，"1+1也要证明？不就是等于2吗？陈景润，我看你是坚持走资产阶级白专道路不改啊！"

"不，我这也是为革命……毛主席教导我们说：'知识就是力量……'"

"胡说！"对方反问，"毛主席什么时候说过这话？"

"我……"他刚想起来，那是英国人培根的话，"我记错了，但是毛主席也说过——"

"好哇，陈景润，你心里怀着对党和人民的不满，居然公然伪造毛主席语录！"对方极为敏锐地抓住了重点。

"我没有啊！"他知道这个罪名可大可小，弄不好自己就得进监狱了，一时冷汗涔涔，"我真的只是搞研究……这是国际学术界公认的……"

"住口！"对方吼了一声，"什么学术界？什么国际？炫耀你有海外关系？现在还敢摆资产阶级学术权威的臭架子？人民群众的眼睛是雪亮的！"

"是，我忏悔，我改造……"他知道怎么辩解也没用，只好唯唯诺诺，说什么都应下来再说。

对方又训了半天话，看他终于老老实实一声不吭了，这才满意地点点头，"嗯，你的问题，我会跟革委会报告的，你过几天作个检查，把自己思想深处的臭老九毛病好好挖一挖！对了小张，把这个白专的灯泡拿走！我们楼下打扑——那个搞革命工作要用。"

他身后的汉子答应了一声，就要去拆灯泡。他急了，"不，你们不能——"

"什么？"对方眼珠一瞪，他剩下的半截话又咽了回去。

小张的一双脏鞋踩在他的床上，把灯泡拆了下来，房间里只剩下了手电的光。

"走！"两个工人阶级雄赳赳气昂昂地出了门，手电光消失了，房间沉浸在一片黑暗中。

等那两个不速之客走后，他马上到柜子里去摸索备用的蜡烛，花了半天才找到，又不知道火柴放在哪里了，等到最后点上又过了十几分钟。借着蜡烛的微光，他想继续写下去，却惊恐地发现，经过一番折腾，刚才的灵感已经无影无踪。

他在脑海中搜索了半天，也只有一点点微弱的印象，但那不是灵感本身，只是灵感带给他的美妙感觉，甚至即使这种感觉，也像清晨的露水一样很快消失不见。

陈景润绝望地写了很久，试图唤回自己的灵感，可一直毫无头绪，最后连自己都不知道自己在写什么，不得不搁下笔，躺在床上，祈祷灵感能再次降临。

但它再也没有回来，他隐隐知道，或许在他的一生中，它再也不会回来。

蜡烛燃到了尽头，无声无息地熄灭，房间又被黑暗笼罩。

五 公元 2067 年

马修推开门，走出旅游中心，发现自己站在一块高地上，整座城市在他脚下伸展开来，直抵远处青葱的山麓。

这里不是他想象中那种热带丛林间主要由低矮木屋构成的小镇，而是一座高楼大厦林立、由四通八达的立交桥连接起来的大都市，马修倒是没想到，在非洲腹地，在大森林深处，还有这样现代化的城市，粗粗一看和美国也没有多大区别，但高楼间仍有大片乌压压的贫民窟，提醒他这里仍是落后的第三世界。

当然，还有四起的黑色烟柱和几座崩塌的高楼，以及零零散散的火光和枪炮声，表明这座曾经繁华的城市正经历战火摧残。

马修从高地下来，好奇地沿着一条街道走下去。战争中，绝大多数居民已经逃难走了，几乎看不到人，这条街本身倒是没有遭到很大的破坏，道路两旁种着高大的芭蕉树，充满热带风情。

马修一边看，一边用"摄影眼"拍照。路边的建筑上，除了法语和当地语言外，还有许多方块字的招牌，当然马修一个字也看不懂，不过这很让他想起了本市的唐人街以及他最爱吃的中餐馆，他决定晚上叫一份宫保鸡丁来吃……

马修漫不经心地走着，忽然一堆黑糊糊的东西映入眼帘，上面一堆苍蝇嗡嗡盘旋着。他看了良久才看出来，那是一具尸体！他穿着政府军的军服，已经开始腐烂，身体侧卧着，肠子和其他内脏从破烂的肚子里流出来，惨不忍睹。

马修打了个寒战，这就是战争，他想，残酷的战争，已经有两个世纪没有降临美国本土的战争。

民主刚果的内战已经持续了一年多，这场战争表面上是上一次刚果战争的延续，但实际牵涉中美两大世界强国。这回，对华友好派在大选中获胜，上台组阁，但很快，反对派指责获胜一方选举舞弊，宣布退出联合政府，并在全国范围内发动游行示威，很快演变成暴动，军警弹压时打死了几个人，西方媒体大肆渲染，很快变成了一场人道主义危机。不久，在西方或明或暗的支持下，东部叛军的武装死灰复燃，在源源不断的先进武器帮助下攻城略地，占领了这个国家的半壁山河。

而这座城市，就是这次战争中双方争夺的关键据点之一。不过今天，主要的战争已经结束，只有残余的敌对势力还在反抗。

马修对着尸体拍了好几张照片，然后立刻上传到推特，"嘿，快看，我在刚果战场！"

路边的尸体渐渐多了起来，有穿着对立双方军服的，也有明显是平民的，大都血肉模糊，死状可怖。还有几部被击毁的坦克和运输车，显示出这里不久前才发生过激烈的战斗。路边甚至有几条棕黄色的鬣狗啃食着尸肉。

这未免太离谱了，马修想，难道反对派武装不收拾尸体吗，就让这些野兽糟蹋？他打开声音模拟器，发出一声响亮的枪声，鬣狗们听到后，呜呜叫着，一哄而散。

马修抽空瞅了一眼推特，没人搭理他，他略感扫兴。不过在今天这个网络极度发达的时代，要引起人们关注的兴趣是越来越难了。刚果战争对于文明世界来说，不过是一场边缘的战事，还不如德国最近培养的会说话的转基因猫更惹人关注。

马修已经没有拍这具被鬣狗啃过的尸体的兴趣了，他刚要走开，尸体忽然动了一下。马修吓得退了一步。

这是错觉吧?

但尸体又动了一下,非常轻微,但很明显是尸体本身在动。

马修汗毛直竖。究竟是怎么回事?难道是传说中的僵尸?

不,不可能。或许这人还没死,或许……不管怎么说,他伤害不了我分毫,我随时可以离开这里……

马修想着,上前几步,这回他看清楚了,是尸体下面有个什么东西在动。他轻轻拖开尸首,看到一个衣衫褴褛的黑人女孩,大而发亮的眼睛惊恐地盯着他,大概只有三四岁。

"你是谁?"原来这就是那些鬣狗围着尸体的原因,马修想,问道,"怎么会在这里?"

女孩更加瑟瑟发抖起来,嘴巴一扁,像要哭泣。

"嘿,你别怕,"马修笨嘴拙舌地试图安慰她,"你别看我长得和你不一样,其实我也是人……我是……美国游客,你知道吗?美国……算了……你不知道……"他沮丧地摇摇头,女孩看来根本不懂英语。

但女孩好像也发现他没有恶意,恐惧渐去,她细声细气地说:"pa-pa,pa-pa。"指了指地下的尸体,又比画了几个手势,马修忽然明白了,"你是说,他是你的爸爸?"

女孩推了推地下的尸体,眼泪汪汪地看着马修,马修明白了她的意思,不由一阵鼻酸,"对不起,孩子,你爸爸已经……我也不能把他叫醒……上帝啊,你的腿!"

他这才看到,女孩的一条腿已经血肉模糊。他明白了,应该是在一次爆炸中，女孩的父亲将女儿扑倒在地，自己被炸死，而女孩也有一条腿被炸伤了，所以她只有蜷缩在父亲的尸体下面，躲避鬣狗的啃食，没有人来救她。

"你要去医院！"马修说，"现在就去！可是，医院……医院是在……"他一时犯了难，他怎么知道医院在哪里？他打开主控电脑的地图功能，在眼前的虚拟界面上查询医院的位置，倒是找到几间，但在战争中估计早就关门了。

"嘿，你，你是什么人，举起手，站起来！"从马修背后传来一声呼喝，典型的美国南方口音，马修用后视眼看到，那是三个一身墨绿色、全副武装的特种士兵，但既不是政府军的，也不是反政府武装的，他想起关于那些保安公司的传说，据说在战争中，反对派的叛军根本不堪一击，真正的顶梁柱，是一批隶属于某些秘密保安公司的特种部队，而这些公司背后真正的主宰是美国中情局和军方……

马修知道是自己刚才发出的枪声把他们招来的，他站起身来，对他们说："别误会，我是美国游客。"

"游客？现在这个国家可不开放旅游，你还是个小屁孩吧？瞒着家里偷偷跑来的？"

"听着，"马修压抑着怒火说，"现在不是说这个的时候。这个孩子伤得很重，你们必须救救她，把她送到医院去！"

"你胡扯什么呢？你以为我是特蕾莎修女吗？滚回你妈怀里吃奶去吧！"一个大兵骂道，众人哄笑了起来。

"嘿！"马修说，"听着，我不懂军事法，但我敢肯定，你们有义务救助这个孩子，如果你们不去做的话，我会向媒体披露这件事。"

大兵们沉默了片刻，马修听到他们交头接耳起来："别理这小子，我们还有事情要办，赶紧把他们处理掉……"

"最好别惹麻烦，上次罗伯的事，上头好不容易才遮掩过去……"

尖锐的入侵警报忽然在马修的耳边响了起来，提示有人正在解除他的远程感应服。该死！不是现在，不是在这里！马修徒劳地挣扎着，"你们……必须……我说……"在他们诧异的注视下，他缓缓倒了下去。

一阵晕眩过后，马修发现自己躺在费城的家里，身上的VR装备被解了下来，母亲怒气冲冲地站在他面前，"叫了你多少次，下楼吃饭！"

"妈！我有非常重要的事情！十万火急，回头再说！"马修几乎要疯了。

"有什么重要的事？每天就上网干这些乱七八糟的……这些是什么？"

"我跟你说过了，别进我的房间！我已经二十五岁了！"

马修大吼大叫着，几下把母亲推了出去，还听到母亲絮絮叨叨地说："二十五岁了，大学毕业都好几年了，也不好好找个工作，每天就待在家里玩这些活见鬼的游戏……"

马修不去理她，心急如焚地反锁上了门，回到躺椅上，重新穿上VR衣，戴上头罩，大西洋另一边的数据又源源不断地传来。

马修发现自己的临时身体倒在刚才的路边，他挣扎着爬起来，发现一条胳膊已经被打飞了，腿上和身上也多处中弹，好在没有伤到要害，还能走动。向道路尽头看去，依稀还能看到那几个雇佣兵远去的背影。

但那个女孩呢？她在哪里？

马修转了一圈，很快再次看到了那个女孩。她躺在一片血泊中，眼睛睁得大大的，鲜血正从她刚刚被撕扯成两半的残躯上涌出来。

马修气得发抖，这些王八蛋，就几分钟时间，他们居然用这么残忍的方法杀了她，这是对人道主义的公然践踏！他要告发他们！要让全世界都知道这些畜生的暴行！

但他很快冷静下来。不，这太难了。那些冷血杀手名义上和美国政府没有任何关系，甚至和美国也没有任何关系。他们和自己目前使用的身体一样，属于某个保安公司的人形机装置，真正的操纵者可以在世界任何一个地方；只不过一个军用，一个民用。当然，这些家伙十有八九是退役的美国老兵，没有他们，叛军不可能进展得如此顺利。但他毫无证据。他甚至没有拍下他们行凶的过程。当连接中断后，他的临时身体就自动处于休眠状态。

这甚至还会给他自己招来麻烦，谁知道那个女孩是怎么死的？理论上也可能是他杀的。并且，他进入这个国家也是非法的。自从战争爆发后，为防止有人用做间谍、侦察等用途，通过远程操纵的人形机进行旅游的官方业务就中止了。他是偶尔在一个小论坛上看到网友推荐，动了一睹战场的念头，才设法找到那个遮遮掩掩的商人，达成以每小时一千美元的价格使用这部人形机的协议，结果却闹成了这样，机器毁损得不成样子，还死了一个孩子。他怎么能证明，这不是他自己出于某种变态欲望干的好事？

但马修还是忍不下这口气，他想了想，拨了那个商人的网络电话，简略地告诉他情况。

"算我倒霉！"对方叹气说，"这件事你千万别闹大了，否则对我也没好处。这些机器是我们公司的，我只是趁没人管私下出租，想赚点小钱养活老婆孩子，如果你告发的话，我的事也得抖出来。"

"可是他们杀了人！那个女孩……"

"在我们的国家，同样的事情每天都会发生成百上千起，"商人闷声说，"这就是战争！这回你看到了……好了，损坏的机器我自认倒霉，也不用你赔，事情到此为止，好吗？"

马修握紧了拳头，很想打人发泄，却无可奈何。

马修下楼吃饭的时候，还想着那个女孩，心里很难过，母亲的唠叨也无心反驳。直到快吃完饭的时候，耳机忽然提示他，他接收到了一封新的声音邮件。

"嘿，伙计，"是他的死党肖恩，"好消息，我在网上碰到几个女孩，她们说今晚要去艾尔斯石上开 party，你知道艾尔斯石吗？她们说那是奥地利沙漠里的一块什么石头，管它在哪儿呢，我约了和她们一起。这回可以好好爽一把了，听说那边的人形机都是仿真的，性爱功能超酷的！"

马修不禁笑了起来，母亲看了他一眼，"你笑什么？"

"没什么。"马修说，在冰箱里拿了一罐啤酒，惬意地喝了起来。有了远程感应服和人形机真好，足不出户，就可以去世界上任何地方做任何事情，有时候闲了闷了，就去伦敦喂鸽子，或者去澳洲泡妞，晚上还能准点下楼吃饭，这才叫生活！以前的那些可怜家伙，他们是怎么活的啊？

正如之前的无数异国经历一样，非洲的那座城市和那个死去的女孩，马修早已抛诸脑后，在这个伟大的时代，长时间想着一件不愉快的事情，可不是生活啊！

六 公元 2109 年

"曾经有一份真诚的爱情摆在我的面前,可是我没有珍惜,直到失去后才追悔莫及。人世间最痛苦的事莫过于此……"

电脑荧屏上,脖子上架着剑的至尊宝泪光莹莹地对紫霞仙子说。电脑前,林克目光呆滞地看着,跟着屏幕上的对话喃喃念道:"……如果上天能够给我一个再来一次的机会,我会对那个女孩说三个字:我爱你。如果要给这份爱加上一个期限,我希望是—— 一万年。"

紫霞感动地扔下了宝剑,泣不成声,林克也动容地擦了擦眼角,就在这时,电脑上的图像消失了。

林克不满地嘟囔起来:"露娜,你在干什么?"

一个柔美却毫无感情的女声从上方传来:"您已经连续观看四个小时了,通过您体内的微型监测仪,我发现您的身体状况已经处于亚健康水平,之前我已经两次提醒您无效,因此按照基地管理章程第二十五条第三款,强制关闭了视频。"

"你就是一个破电脑,谁给你的这个权力?"林克不满地抱怨说。

"作为本基地的主控电脑,根据章程规定,除了站长之外,我的权力凌驾于任何个人之上,"电脑说,"包括副站长,也就是您。"

"他们都死了,"林克无力地说,"只剩下了你和我,我就是站长,你就不能听我的吗?"

"但是您没有得到上级的任命,按照规定……"

"上级个头!"林克终于爆发了,"你呼叫总部会有人答应吗?这都多少天了!他们全死了,整个地球都完蛋了,哪里还有什么上级！也许我是全世界唯一还活着的人！"

"的确有这种可能。"露娜平静地说。

"所以你应该听我的！"

"但是章程里没有这个规定，并且，如果您是最后一个活着的人类，那么您更应该珍重。"

林克狂笑起来，"有意义吗？珍重自己，为了什么？等外星人来救我？还是你能变成一个活女人出来跟我繁衍后代？"

"一切生物都有延续自己生命的本能。"

"可是人类作为一个物种却没有，"林克苦涩地说，"要不然，也不会有那一场战争了……"

是的，那场战争，林克想。中美两强，或者说东方和西方两大集团，在三十年的冷战后，最后的激烈碰撞，迸发出了壮丽的火花，不，是一场遍及整个地球的大焰火，终极核战之火。四十八小时内，超过两万枚核弹——包括少量反物质导弹——在世界上八千个大小城市相继爆炸，几乎所有国家的政治经济军事中心都被摧毁，林克他们顿时与世隔绝，甚至不知道是否有人存活了下来。

但对于大部分人来说，即使熬过了第一波核攻击，也会死在核爆炸带来的辐射尘和次级污染中，更不用说接下去对全球气候和温度的毁灭性影响，没有作物能够生长，只有最坚韧的生命才可能活下来。如今，那场战争已经过去了整整一年，外面却仍然一片寂静。

当然，林克不知道外部世界发生了什么，部分原因是露娜根本不让他离开基地——更确切地说，是这个房间。

林克无神地向周围看去，这是一个大约十平米的房间，天花板矮得一伸手就可以摸到。墙壁上遍布按钮、电线和控制板，有两个明显的孔洞：食物输入孔和排泄物输出孔。房中散乱地堆放着一些仪器和电脑，没有床，只有一个脏兮兮的睡袋。

在过去的一年中，林克就是在这个狭小肮脏的房间度过的，唯一的活动范围就是这十平米，唯一的娱乐就是看老电影或者玩弱智游戏，唯一的同伴就是不近人情的人工智能体露娜。

"为了让我活得好一点，至少你也得多开放两个舱室吧？"林克对露娜恳求说，"我在这鬼地方实在待得烦透了！连走两步都不行！不看片还能干吗？光《大话西游》我就看了不下十遍了！"

"您应该很清楚，"露娜回答说，"自从去年的泄漏事故后，四块太阳能电板损坏了两块，我必须节省电力。目前基地内的生命维持系统只够这一个房间的，如果再开放其他房间，系统有崩溃的危险。"

是啊，那场事故，林克想，他知道那不是一般的事故，是战争爆发后一个受不了刺激的研究员发了疯，进行歇斯底里的大破坏所导致。他本人和另外两个试图阻止他的成员一起死于那场事故，林克的最后一个人类同伴也在一个月后因伤重不治而死。

"至少你应该让我出去。"林克说，"我有权力出去！"

"外面有很强的射线，危险系数很高，"露娜说，"长时间暴露可能对您的身体造成不利影响。并且你知道，章程最重要的规定是，基地本身绝不能处于无人状态。除非有站长或上级的命令，否则我无权放你离开基地。"

"又绕回来了，"林克哭笑不得，"简直是第二十二条军规！你还不明白吗？除了我，不会再有人给你下命令了！这种日子我还要熬到什么时候？"

"您今年三十五岁，"露娜严肃地回答，"按照现代人的正常寿命，还能活七十年以上，即使考虑到目前生存条件的恶劣，至少也能活五十年。至于我，如果太阳能电板不出问题并且注意保养的话，我还能正常工作一百二十万个小时，也就是一百三十六年，足够让您度完余生了。"

"哟，那我可真得谢谢你了。"林克讥讽说。

"不用谢，这是我应该做的。"露娜说，"也许这是我能够为人类做的最后一件事，你们人类叫送终吧？"

"也许你还可以为我做一件事。"

"愿意效劳，请问是什么事？"

"从电脑里滚出来让我操一顿。"林克恶狠狠地骂道。

"这我做不到，"露娜平静地说，未受丝毫打击，"不过我的资料库里也储存了一些相关专业性影片，或许能够帮助您。"

"少废话！"林克吼道，"我要出去，告诉我怎么才能出去？！"

露娜罕见地沉默了片刻，似乎在思索。

"露娜？"林克又燃起了希望，难道真的有什么路子？

"我在重新检查各功能单元的数据……"露娜说，"现在有一个好消息，如果从宽泛意义上理解'出去'的话，您可以使用三号人形机获得外部体验。"

"不是所有的人形机都毁了吗？"

"不，刚刚接收到三号机的数据，"露娜说，"在联络中断了九个月后，它还在一千千米外的南极地区，看来它的自我修复功能终于起作用了，至少暂时它能够正常使用，您想要远程操控它吗？

如果——"

"那还用说!"

露娜还没有说完,林克已经急不可耐地套上了远程感应服。

一片黑暗中,群星渐渐出现了,璀璨的、静谧的、永恒的群星,皎洁的银河在他头顶无声地流淌着。

林克发现自己呈"大"字形躺在地上,身体半埋在灰尘里,他站了起来,灰尘无声无息地落下。他发现自己是在一道山岭的顶上,他看到自己脚下,暗灰色的山脉起起伏伏,伸向远方微呈弧形的地平线,他知道基地和他自己的本体就在那些山脉深处。眼前的千沟万壑除了石头就是灰尘,一片死寂,如同沉浸在没有时间的深渊中,没有半点生命的迹象,甚至没有一丝风。

而在他的背后,是一个巨大的谷地,与其说是山谷,倒不如说是一个大坑,勉强可以看出圆形。它的直径至少有十千米,深达三千米左右,整座山丘事实上都是坑洞隆起边缘的一部分。仿佛曾有一颗大得不可思议的核弹在大地的中间炸开,才炸出了这样的结构。而远处,还隐隐可见许多类似的山谷,层层叠叠,满目疮痍,好像是远古诸神之战的遗迹。林克忽然有一种错觉,仿佛战争不是在一年前,而是在十亿年前已经结束了一样。

林克向天上望去,乳白色的银河横亘天空,在天顶一带的是古老的南船座,南极老人星正熠熠发光,下面是小却清晰可辨的南十字座,四颗亮星肃穆地从银河的背景中浮现出来。再下面是半人马座,明亮的南门二悬挂在四光年外,现在,宇宙中最近的星星也遥不可及,像是嘲弄着人类的一切征服宇宙的僭越梦想。

然后,林克在半人马座的左下方看到了那东西,在远离银河的地方，几乎就在地平线正上方，如同刚刚升起或即将落下。但林克知道，除了周期性的天平动，它的位置几乎永远也不会改变。

那是一个怪异的球体，大致呈灰白色，还带着黑色的斑点，在阳光下反射着耀眼的光芒，如同一轮满月，但比月亮要大好几倍，也要更亮些。它在暗黑色的大地上清晰地照出了林克的影子。但林克知道，它当然不会是月球。

因为月球就在他的脚下，就是那沉寂的、死亡的古战场。

他看到的是地球，至少曾经是。

只是它已经几乎没有了蔚蓝色，变成了一个灰白色的球体。林克知道那是什么，是悬浮在大气中的辐射尘和核爆炸以及大面积燃烧后形成的烟雾颗粒，是曾经的人类城市和亿万人的身体，如今他们已经变成了一层厚厚的烟尘，在高温作用下升腾进入了平流层，被大气环流带到了地球上空除两极外的每一个角落，如同给地球裹上了一层厚重的棉衣。

当然，这层棉衣绝不可能保暖，相反，明亮的反光表明它屏蔽了绝大部分阳光，让地表长时间被死亡的黑暗笼罩，至少会有十年，也许会有半个世纪。地球生物圈将和自己唯一的热量来源隔绝开来。绝大部分剩下的人和动植物都会因此死去，这将是自 6500 万年前小行星撞击地球以来最大的物种灭绝，而原因也将与之类似。

林克呆呆地看着，在那个地平线上悬浮的球体上，已经没有了任何生命的色彩，没有绿色，没有蓝色，甚至没有象征人类战争的红色。它似乎变得和脚下的月球并无二致。那个他熟悉的地球已经消失了，变成了月球第二。而月球，和宇宙中任何一个地方——比如水星或者冥王星——都没有本质区别。

没有了人的世界，只剩下宇宙：无边无际的、空洞的、冷漠的宇宙。

一种突如其来的恐惧和绝望抓住了林克，他无法忍受再在这个无人的寂灭的宇宙中再待片刻，他切断了和人形机的连线，让自己的意识回到了基地中，狭小的房间和周围机器的嗡嗡声都显得无比亲切。

"欢迎回到月球基地。"露娜说。

"我要看电影，"林克深深吸了口气说，"快点，让我回到人的世界。"

这回露娜没有反对，百年前的周星驰和朱茵再次出现在荧屏上，演绎一场场悲欢离合，直到最后又回到了盘丝洞里，五百年间，惘然若梦。也许这一切不过是一个洞穴中猴子的梦。

人类是穴居动物，林克自嘲地想，从最早的原始人，不，最早的哺乳动物祖先起就是这样，即使树上的猴子，也不过是住在另一个树叶、树枝和树冠组成的洞穴里而已。人类建筑了房屋、城市、国家，本质上无非是洞穴的变形。一切战争，其实和蚂蚁打架一样，只是为了争夺藏身的洞穴。即使探索太空的雄心，最终也不过是在月球上挖了一个洞躲进来而已……

我们是柏拉图说的洞穴人，永远无法离开洞里，看到阳光的光明灿烂，一切文明、科学、技术，只是为了更好地生活在洞穴里，最后也只能在洞穴中死去、腐烂。

林克漫想着，苦笑着，叹息着，不知什么时候合上了眼睛，沉沉睡去。

他做了一个梦，梦见人类长出了翅膀，飞向整个宇宙，飞向每一颗星星，将生命的种子播撒四方，征服了星空中那些他见所未见的世界……

那是人类这个种族最后一次做这样的梦。

七　公元 117094 年

"一，任何一个物体在不受外力或受平衡力的作用时，总是保持静止状态或匀速直线运动状态，直到有作用在它上面的外力迫使它改变这种状态为止……"

"二，物体的加速度跟物体所受的合外力成正比，跟物体的质量成反比，加速度的方向跟合外力的方向相同……"

"三，两个物体之间的作用力和反作用力，在同一直线上，大小相等，方向相反……"

深夜，阿树躺在岩洞深处，远离温暖的火堆，身上只有几把干草蔽体，冷得无法入眠，只有默默背诵着古老的咒文给自己催眠。当然，不光是冷，也有对新环境的陌生，毕竟这是他们第一天住进这个山洞。

阿树的部族从原来的河谷迁徙到这片森林已经半个多月了，在没有合适洞穴居住的日子里，他们之中冻死了两个五十多岁的老人，被剑狼叼走了一个三岁孩子，后来他们终于找到了一个理想的大山洞，山洞原来的主人是一窝熊鼠，他们把熊鼠杀了吃肉，在这里点起火堆，住了下来，人人都很开心，或许除了阿树。

阿树很怀念原来那个山洞，那个洞比这个大很多，阿树出生和成长在那里，对那儿的一草一木都很熟悉。但是，整个山谷中的猎物日渐稀少，邻近的部族也屡屡侵扰，族长不得不带领他们离开故土，到山谷外寻找新的栖息之所。

　　但对于阿树来说，最大的损失是离开了那里的"图书馆"。"图书馆"是那片地方的名字，阿树也不知道具体是什么意思。对他来说，那是河边一片密密麻麻刻着好几十万字的石壁，里面有无尽的奥秘，包括人类的起源、历史和文明。但其中很大一部分已经被时间的手磨平，几乎无法辨认，剩下的内容中他能看懂的只是其中一小部分，还有许多奇怪的符号完全无法索解，他只认出来有些是数字，据说，这些符号描述了整个宇宙的一切：天地的形成、星宿的旋转、万物的结构、生物的分类等等。

　　但是，他读不懂那些内容，即使睿智的老师也不能完全读懂。即使他觉得自己能读懂的部分，也是通过记忆师历代相传的文字，其中许多字符已经失去了意义。譬如，他清楚地记得第一句话是"万物是由原子组成的"，但"原子"是什么？他只能想象是一种微小的颗粒，水有水的原子，树有树的原子，石头有石头的原子，这好像解释了一切，但又好像什么也没有解释。

　　但刚才背诵的三大咒文他是懂得的，他花了很久才弄懂，但他确实懂了。比如他知道在一片平地上用力推一块石头，滑不了几步远就会停下来，那不是因为没有人继续推，而是因为石头和地面之间看不见的摩擦力，如果没有摩擦力，它可以永远滑动下去。他也知道如果用拳头去打一块石头，给出的冲击和受到的反击相等，只不过拳头远不如石头硬。

　　他知道得甚至比这多得多！譬如，他知道天上的星星并不是围绕着大地转动，而是大地和金星、火星等等一起围绕着太阳转动，月球又绕着大地转动。它们之所以进行这种亘古不息的运动，不是出于神的意志，而是因为它们的初始速度加上彼此间的引力，让它们能够永远运动下去。虽然他不知道具体怎么计算，但是他理解了最基本的原理。他的知识系统已经千疮百孔，残缺不全，但仍然有一个大致的框架，那是上古黄金时代最后的余晖。

但这又有什么用？他曾经试图跟族人讲解一些最粗浅的知识，可换来的不过是嘲笑。在古代，记忆师享有尊崇的地位，人们相信他们掌握通神的天启，他们担任国王或皇帝的大法师，指导他们制造马车、帆船和玻璃，但如今，他连怎么捕捉一只角兔或熊鼠都不知道。那些抽象的高级知识只有在一个发达的分工社会里才可能派上用场，但他一辈子都活在一个不到一百个人的小群体中，其中许多人甚至不知道怎么数到一百……

难怪在部族中，同伴们越来越看不起他这个记忆师，如果记忆师的存在不是历史悠久的传统，恐怕早就被废除了。而他自己呢，如果不是他小时候瘸了一条腿，他也会去当一个英勇的猎人，而不是跟着一事无成的叔叔去做一个记忆师，害他失去了自己心爱的女孩……

阿树知道，在大地上游荡着几百几千个部族，但他不知道还有多少记忆师。去年，在一场部族间的战争中，他们曾经俘虏了另一个部族的记忆师，一个白胡子老头儿。他们两个部族的语言完全不同，但那个老人和他都会说一些"恩格里希"古语，并且也会书写，他掌握许多阿树不知道的知识，甚至还会背几首古诗。阿树和他谈了一夜，学到了很多东西，他苦苦求族人留老人一命，但族人不耐烦多养一张嘴，第二天，那个老记忆师就被活埋了……

"阿树，你睡了吗？"一个轻柔的声音叫着他的名字，阿树转过头，借着不远处的火光看到了一张令他心跳不已的熟悉面容，是果子。

　　果子今年二十岁，比阿树小两岁，她和阿树一起长大，曾是部落里最出众的少女，阿树喜欢她，她也喜欢阿树。但一个记忆师没有资格挑女人，四年前，果子刚满十六，就成了部落里最强壮的猎人大河的女人，第二年生了一个儿子。大河去年秋天在和邻近部落的战斗中被杀了，而果子三岁的孩子在十多天前也被剑狼活活吃了。为了儿子的死，果子哭了好多天，这几天才缓和一点。如今，她本该年轻的脸上已经多了几条皱纹，看上去像是老了十岁。

　　"你还没睡？"阿树问。

　　"我睡不着，"果子说，"一想起孩子就……"她擦了擦眼角，"而且这里好陌生，我有点怕，阿树，你跟我说说话好不好？"

　　"小时候我倒是经常给你讲故事。"阿树感叹说，"一晃这么多年过去了。"一阵鼻酸的伤感袭来，怀旧，这几乎是黄金时代的奢侈情感了。

　　"其实我一直在想，如果不是当初你为了救我被恐猫咬伤了腿，只能去当记忆师，也许我们……"

　　"别提了，"阿树挥挥手，像是驱走愁绪，"反正都过去了。"

　　"阿树，你像小时候那样给我讲个故事好不好？"

　　"好啊，"阿树说，"我给你讲一个古代达克王国的米妮莎公主的故事，那是三千年前……"

　　"我听过了，"果子说，"而且那是个悲伤的故事。讲个别的吧！"

　　"好吧。"阿树想了想说，"一万五千年前，在东方大陆上，有一个古老的帝国，叫做大夏，皇帝有一个聪明善良的太子，叫做后舜……"

　　"这个故事我也听过了。"果子说。

"那说这个吧……在更古老的时候——没人记得是多久，可能是五万年前，也可能是十万年前——那时候大地被热灰覆盖，天上也都是黑云，看不到太阳，大地上有很多恐怖的怪兽出没，有一位英雄，叫做古修罗……"

"这个故事你也讲过太多次了。"果子说，"阿树，你给我讲讲黄金时代的故事好不好？我一直没太弄懂。"

"黄金时代？"阿树说，"那是更早更早的事了，没有人知道在多久以前，那是历史开端之前的事，那时候，人类蒙诸神的赐福，住在高耸入云的楼房里……"

"什么是楼房？"

"楼房就是……我也不清楚，应该是人自己用石头造的……大树，但是很高很高，有的比山还要高，里面有很多洞穴，可以住几千个人……人们住在那些大树里，它们像森林一样一片片的，一座房子的森林可以住几百万人甚至更多。他们过着舒适的生活，抽取大地的血液，引下天上的电光，用各种不可思议的魔法满足他们的需要，他们乘坐迅捷的铁鸟，可以在太阳落山之前飞到世界的任何一个角落里去，甚至可以飞到天上，飞到月亮上去……"

"多好啊，"果子叹了口气，"我想那时候他们一定不用担心剑狼叼走他们的孩子。"

"不过，他们也有他们的问题。"阿树赶紧把话题岔开，"那时候大地上有几万万人，不，是几百个万万人，他们耗尽了大地的丰饶物产，让世界变得贫瘠，最后他们自己也无法生存。他们想飞向遥远的星星，但是又不舍得离开大地上的洞穴……他们为争夺剩下的物产打仗了，不是像我们这样用木棒和石块，而是用恐怖的雷霆和天火，一个雷霆就能毁灭一座山丘，一道火光就能摧毁一片平原。他们让大地寸草不生，而他们自己也不能免于灭绝，剩下的一小部分人躲进了地下，几千年后才重新出来，黄金时代就这么结束了，接下来就是黑铁时代。"

"那你说，"果子神往地问，"黄金时代会再度出现吗？"

阿树苦涩地摇头，"不，再也不会出现。"

"为什么呢？"果子很不解，"既然出现过一次，为什么不能有第二次？也许诸神会重新赐福给人类呢！"

"不，要恢复黄金时代，需要大地上的很多物产，比如大地的黑色血液，或者山脉中的矿石，经过无数复杂的步骤，制造出巨大的机器，才能重新找回古代的魔法。而那些物产，特别是其中提供动力的部分，在第一次黄金时代已经消耗殆尽了，再也不会恢复。甚至人类只要稍微增加几倍的人口，就会让大地无法承受，几百年内就会重新崩溃，就像我们打完了以前山谷中的野兽一样。只不过我们可以离开山谷，而人类却无法离开大地。

"自从黄金时代陨落后，人类已经有三次复兴，而又重新衰落，人类一度重新建立起城市和帝国，如今又消失不见，也许将来还会有无数次复兴和衰落，就像一年四季一样，不断循环。自古以来，我们记忆师承担着将古老的历史记忆传下去的责任，负责在今天这样的大衰落时代保留火种，引领世界的复兴。

"但这场游戏不会永远继续下去。从黄金时代崩溃的那一刻起，这个世界的结局、这场生命游戏的最后一幕已经注定：我们无法离开大地，就只能灭亡。因为太阳也有自己的寿命，当它老去时它不会熄灭，反而会变得更加狂暴。它将在几万万年内变得越来越热，将大海烤干，让大地干裂，所有的人和动物都会死去，从此大地上不会有任何生命生存。

"我们的末代子孙，将深深躲在地下的洞穴，吞下最后一块老鼠肉或其他类似的食物，喝干一点可以饮用的地下水源，然后无声无息地死去。"

阿树说出了他知道的这个世界的最大秘密，也是叔叔临终时所告诉他的那个秘密，唏嘘着，扭头看果子，却发现她好像根本没有听自己在说什么，眼神只是直勾勾地看着石壁上面。

"果子？"

果子回过神来，"啊，你说得太深了，我听不明白……不过你看，那是什么？"她向上一指。

这下阿树也看到了，石壁上有一些斑驳褪色的图案。他坐起身，好奇地看着，借着远处的火光他认出来，那是几十头栩栩如生的动物，有的像是角兔，有的像是熊鼠或恐猫，但没有一种是他认识的，除了人。他看到一头野兽的脚下，踩着一个没有头的猎人，旁边一个男人拿着一把叉子叉向野兽，身后是一个女人抱着一个稚气的孩子。

然后他看到了更多的画面，人们手拉着手围在火边分食动物的肉，或者在一起跳着欢快而古怪的舞蹈，或者一起围捕某头凶悍的巨兽……

这当然是人类的手笔，但那是什么时代的画呢？阿树想不出来，那些野兽都是他见所未见的，一定是很古老很古老的时代，肯定在前几次复兴之前，也许还要在黄金时代之前，在阿树也只是朦朦胧胧知道的，人类时代的曙光……

但他们坚韧地活着，那些原始时代的人，对一切历史和未来都一无所知，但他们仍然活下去了。生活着，奋斗着，甚至充满快乐……

"看他们，"果子指着壁画上的一男一女和他们的孩子说，"他们像不像我们？"

"倒还挺像的……"阿树感慨说，"历经不知道多少万年，人还是人，我们又回到了出发点……"

"阿树，"果子在他耳边悄悄地说，"我们像他们一样好不好？"

阿树一怔，看向果子，果子的脸红了，垂下头说："我还年轻，想再要一个孩子，我们的孩子……"

阿树待了半天，终于明白过来，胸中蓦然被奔涌的狂喜所充满，"果子，你愿意跟我？可是我……"

果子嘴角含笑地说："我就爱听你呆头呆脑地讲故事呢！"

阿树狂喜地战栗着，几乎呼吸不过来，在这一刻，黄金时代或黑暗时代，过去或未来，一切都不再重要。他只有一个念头：果子会成为他的女人，他们将会有自己的孩子，从此幸福或平庸地生活在一起。纵然已经不可能再有新的未来，一代代的人们，他们总会生活下去，在亿万年生命的无奈和时间的残忍中，追求自己渺小却充实的幸福。纵然有一天这颗古老的行星烟消云散，至少人类这个渺小的种族，在宇宙中这个叫作地球的洞穴里，他们真正活过。如同无边无垠的宇宙中，亿万其他洞穴中的其他生灵一样。

他颤抖地伸出手臂，紧紧抱住了果子柔软而温暖的身躯。

图书在版编目（CIP）数据

移魂有术/ 刘慈欣等著.—北京: 北京理工大学出版社, 2017.6（2019.12重印）
（虫·科幻中国）
ISBN 978-7-5682-3958-5

Ⅰ.①移… Ⅱ.①刘… Ⅲ.①科学幻想小说-中国-当代 Ⅳ.①I247.7

中国版本图书馆CIP数据核字(2017)第081694号

出版发行/北京理工大学出版社有限责任公司
社　　址/北京市海淀区中关村南大街5号
邮　　编/100081
电　　话/（010）68914775（总编室）
　　　　　（010）82562903（教材售后服务热线）
　　　　　（010）68948351（其他图书服务热线）
网　　址/http://www.bitpress.com.cn
经　　销/全国各地新华书店
印　　刷/北京欣睿虹彩印刷有限公司
开　　本/880毫米×1230毫米　1/32
印　　张/7.75　　　　　　　　　　　　　　　　　责任编辑/高　坤
字　　数/160千字　　　　　　　　　　　　　　　文案编辑/高　坤
版　　次/2017年6月第1版　2019年12月第5次印刷　责任校对/孟祥敬
定　　价/38.80元　　　　　　　　　　　　　　　责任印制/李志强